제4권

이 윤 옥 시집

도서출판 얼레빗

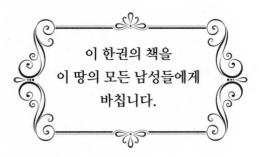

이 한권의 책을
이 땅의 모든 남성들에게
바칩니다.

머리말

"외할머니(차인재 지사)는 매우 억척스런 분이셨습니다. 외할머니는 새크라멘토에서 식료품 가게를 하셨는데 새벽부터 밤까지 초인적인 일을 하시며 돈을 버셨지요. 그렇게 번 돈을 조국의 독립운동 자금으로 내신 것입니다. 외할머니는 한국말과 한국문화를 심어주시려고 무던히 애쓰셨으며 제가 8살 무렵에는 한글교실에 보내셨지요. 외할머니는 제가 대학을 졸업할 무렵에 돌아가셨습니다."

이는 미주지역에서 독립운동을 하다 숨진 차인재 (1895 ~ 1971, 2018년 애족장) 지사의 외손녀인 윤 패트리셔(70살) 씨가 한 말이다. 글쓴이는 올 8월 9일부터 18일까지 여성독립운동가의 발자취를 찾아 미국 로스앤젤레스 지역을 방문했다. 차인재 지사처럼 미주지역에서 독립운동을 하고 국가로부터 서훈을 받은 여성들은 모두 28명(2018.11.17. 현재)으로 이 가운데 하와이지역이 7명이고 로스앤젤레스를 포함한 미주지역이 21명이다. 그러나 독립운동의 맨 앞에서 뛰던 분들은 모두 돌아가시고 이제는 2세들 마저 나이가 7 ~ 80살에 이르고 있다. 윤 패트리셔 씨는 차인재 지사의 외손녀로 글쓴이의 방문을 흔쾌히 허락했다. 헌팅턴비치에 살고 있는 외손녀를 만나기 전, 로스앤젤레스 외곽에 있는 로즈데일무덤에 가서 윤 패트리셔 씨의 외조부모인 차인재, 임치호 부부 독립운동가 무덤에 헌화한 사실을 말하자 그는 매우 고마워했다.

"외할머니의 고국에서 독립운동 일로 우리 집을 찾아 온 사람은 작가님이 처음입니다. 사실 외할머니(차인재 지사)와 외할아버지(임치호 지사)가 살아계실 때 누군가 찾아오셨다면 좋았을 텐데……" 외손녀 윤 패트리셔 씨는 외할머니 조국에서 찾아온 글쓴이에게 외할머니와 외할아버지에 관한 많은 이야기를 들려주었다.

《서간도에 들꽃 피다》 제9권에는 차인재 지사처럼 미주지역에서 활약한 분들 말고도 배화여학교 출신의 김경화 지사 등 6명의 여성독립운동가도 다뤘다. 특히 2018년 8·15광복절에는 한꺼번에 26명의 여성독립운동가들이 독립유공자로 서훈을 받았다. 이는 문재인 정부 들어 여성독립운동가에 대한 적극적인 발굴과 관심의 반영으로 보여 기쁘기 짝이 없다. 지난해(2018년) 제79회 순국선열의 날(11월 17일)에도 안창호 선생의 조카인 안맥결(安麥結) 지사를 포함한 32명의 여성독립운동가들이 새로 서훈을 받아 모두 357명의 여성독립운동가가 탄생했다.(2018.11.17. 현재) 물론 이 숫자는 남성 서훈자 15,180명에 견주면 아직 적은 숫자지만 꾸준히 여성독립운동가들의 숫자가 늘고 있어 그나마 다행스럽다.

문제는 이렇게 서훈자가 꾸준히 늘고 있지만 여전히 여성독립운동가에 관심이 크지 않다는 점이다. 조명 받지 못한 여성독립운동가들을 발굴하여 독립유공자로 서훈을 주는 것과 이미 서훈을 받은 분들의 이름을 기억하고 그 불굴의 정신을 이어가려는 노력이 동시에 이뤄지지 않고 있음은 유감이다. 이를 잘 말해주고 있는 것이 여성독립운동가를 다룬 책 하나 변변히 없는 현실이다. 그래서 글쓴이가 시작한 게 '여성독립운동가를 다룬 책'을 쓰는 작업이었다. 원고도 원고지만 자비로 책을 내는 일은 독립자금이 없어 쩔쩔매던 독립운동가들의 입장과 다를 바 없다.

　특별히 지난해(2018년) 8월 9일부터 18일까지 미주지역에서 활동한 여성독립운동가들의 발자취를 찾아 떠난 취재에서 취재기간 내내 영어통역과 안내, 숙소, 차량 등을 제공해준 이지영 씨와 양인선 우리문화신문 기자에게 감사의 말씀을 올린다. 아울러 미국의 여성독립운동가 자료를 제공하고 무더운 날씨에도 로즈데일무덤 안내까지 맡아준 LA 한인역사박물관 민병용 관장님과 미주동포에게 여성독립운동가 강연 자리를 마련해준 LA 대한인국민회기념재단 배국희 이사장님께도 큰절로 감사의 말씀을 드린다.

　끝으로 인쇄비가 없어 낙심하고 있을 때 〈9권〉 인쇄비를 흔쾌히 내주신 열린선원 선원장 법현스님께 깊은 감사말씀을 올린다.

3·1만세운동 100돌을 한 달 앞둔 날
한뫼골에서 **이윤옥** 씀

차 례 (가나다순)

일제판사를 호령한 열여섯 소녀

곽영선

일찍이 단군왕검 터 잡은
구월산 맑은 정기 받고 자란
슬기로운 소녀

신천읍 만세 함성에
숨어 만든
태극기 높이 들고
피 끓는 혈기로 뛰어들다
왜경에 잡혔어라

일제판사 앞에서
서릿발처럼 당당한 모습으로
조선의 자유를 외친
열여섯 소녀의 투혼

겨레의 가슴에
영원히 새기리라.

곽영선 지사

곽영선 (郭永善, 1902.3.1. ~ 1980.4.8.) 애국지사

"어머님(곽영선 지사)은 여장부셨습니다. 어머님은 평양 숭의여학교 시절 만 열여섯 살 나이에 만세운동에 참여하신 그 정신을 평생 지니고 사셨지만 딸들에게는 크게 자랑하지 않았습니다. 어머님은 평생 아버님과 함께 이웃을 챙기고 베푸는 삶을 사셨습니다. 아버님이 의사였지만 돌아가셨을 때는 무료 진료하신 외상 장부 40권만 남기고 돌아가셨을 정도였으니까요."

이는 곽영선 지사의 따님인 장금실(80살) 여사의 회고담이다. 2018년 8·15 광복절을 맞아 국가보훈처는 26명의 여성독립운동가를 새롭게 독립유공자로 선정했다. 곽영선 지사(애족장, 추서)는 그 가운데 한 분이다. 2018년 9월 20일(목) 낮 2시 쯤 글쓴이는 경기도 광주에 살고계시는 곽영선 지사의 따님인 장금실 여사를 뵈러 갔다.

약속 시간에 맞춰 찾아간 장금실 여사 댁은 창문 너머로 지리산을 떠올리게 하는 푸른 숲이 가득한 조용한 아파트였다. 이곳에 미리 와서 기다리던 동생 장연실(76살) 여사와 셋이서 마주앉았다. 오렌지주스와 미리 먹기 좋게 까놓은 삶은 밤을 예쁜 접시에 담아내놓고 권하는 모습이 푸근한 이웃집 아주머니 같았다.

오렌지주스 한 모금을 마시자마자 우리는 99년 전 장금실 여사의 어머니 곽영선 지사의 숭의학교 시절을 시작으로 이야기를 풀어나갔다.

"어머니가 돌아가신 때는 1980년입니다. 아버지가 그 1년 뒤에 돌아가셨지요. 그때만 해도 우리는 어머니의 독립운동을 하신 게

'훈장'을 받을 일이었는지 조차 모르고 있었습니다. 어머니가 돌아가신 뒤 38년 만인 올해서야 독립유공자 훈장을 받게 된 것이지요."

▲ 곽영선 지사와 군의관이었던 장우근 부부의 혼례 사진

　팔순에 이르는 두 자매는 뒤늦게 국가로부터 받은 훈장에 대해 몹시 감격스러워했다. 하지만 사실은 이 조차도 국가에서 알아서 발굴해 포상한 것이 아니다. 장금실 여사의 아들(전태섭 씨), 그러니까 곽영선 지사의 손자가 수많은 증빙자료를 모아서 가능했던 일이다. 똑똑한 손자가 아니었다면 팔순의 두 자매가 독립유공자 서훈 신청을 하기에는 역부족이었을 성 싶다. 곽영선 지사는 남편 장우근 선생과의 사이에 모두 2남 5녀를 두었는데, 이날 글쓴이가 만난 분은 장금실(80살), 장연실(76살) 자매였다.

"사실 저는 조카가 할머니(곽영선 지사)를 독립유공자로 신청한다고 동분서주하고 있다는 소식을 듣고 언니에게 '복잡하게 뭘 그런 고생을 하냐'고 말했던 적이 있어요. 그러나 조카가 아니었다면 어머니가 어린나이에 목숨을 걸고 만세운동에 참여해서 1년여의 징역을 살고 나온 사실을 세상 사람들은 까마득히 몰랐을 거예요. 조카의 노력이 큽니다."

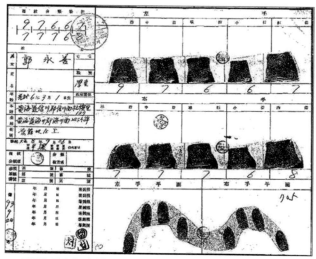

▲ 곽영선 지사가 만세운동으로 잡혀가 평양감옥에 수감될 당시 찍었던 양손지문이 뚜렷이 남아있는 "신분장지문원지"(국가보훈처 제공)

이는 곽영선 지사의 둘째따님인 장연실 여사의 말이다.

어머니(곽영선 지사)에 대한 이야기를 나누면서 팔순에 이르는 두 자매의 눈시울이 붉어짐을 느꼈다. 순간 부끄러움도 치솟았다. 우리는 왜 이렇게 모든 것이 늦고 지지부진했던 것일까? 특히 여성독립운동가들의 발굴을 뒷전으로 미뤄왔던 사실이 못내 안타까 웠다. 곽영선 지사가 살아생전에 이 찬란한 '훈장증'을 품에 안을 수 있었다면 얼마나 좋았을까? 아쉬움이 크다. 아직도 이러한 집 안이 많을 것이란 생각에 안타까움은 더 커진다.

곽영선 지사는 만 열여섯 나이인 1919년 3월 24일, 평양 숭의여 학교 재학 중에 태극기를 만들어 3월 27일, 신천읍 장날을 이용하 여 만세시위에 뛰어들었다. 이 일로 처음엔 2년형을 언도받았으 나 끝내는 8개월을 선고받고 1년여의 수감생활을 했다. 이때 곽영 선 지사는 법정에서 "인도정의, 민족자결에 의해 조선인민의 인성 으로 만세운동에 참여한 것이며, 참여한 이유는 일본에 반항하는 게 아닌, 자유를 원하기 때문이다."라고 당당하게 말해 일본인 판 사를 당혹하게 했다는 유명한 일화가 있다.

곽영선 지사의 아버지 곽영대(다른이름 곽태종, 1885~1971) 지사 역시 독립운동가다. "외할아버지는 미국에서 도산 안창호 선생의 제 2인자로 활약하신 분입니다. 외할머니는 안중근 지사의 5촌 고모인 안태희 여사이십니다. 외할아버지는 국내에서 활동하시다가 미국으 로 홀로 건너가서 흥사단에 가입하여 큰 활약을 하셨고 1920년 캘리 포니아 윌로스지방에서 노백린 장군이 비행사양성소를 설립할 때 관 여하는 등 57년간 미주에서 혁혁한 독립운동을 하신 분입니다. 그러 한 사정으로 57년 동안 가족들은 외할아버지와 떨어져서 살아야했습 니다."

곽영선 지사의 두 따님은 외할아버지의 미주활동을 어제 본 듯 이 생생하게 증언했다. 곽영선 지사 나이 12살 때 아버지가 미국 으로 독립운동을 떠나고 나니 고국에 남은 가족들의 생활고는 묻 지 않아도 알 수 있을 것 같다. 남겨진 가족의 이야기를 듣고 있자니 백범 김구 선생의 어머니인 곽낙원 지사가 상해 뒷골목에서 배추 시래기를 주워 식구들의 목숨을 부지하다 생활고에 시달려 두 손자를 데리고 귀국길에 올랐던 이야기가 생각났다. 이 시기 독립운동가 가족들이 겪어야했던 궁핍과. 가족 간의 헤어짐의 역사가 영화의 한 장면처럼 뇌리를 스치고 지나갔다. 이처럼 망국의 한을 안고 독립운동에 뛰어들었던 집안치고 온 가족이 한곳에서 함께 정상적인 생활을 이어간 집은 많지 않다. 가장인 남편이 홀로 독립운동의 맨 앞에서 뛰게 되면 가족은 따로 남아 생활고를 해결해야 한다. 이때 어머니인 여성은 가장 아닌 가장으로 자녀양육을 도맡았으며, 본인 역시도 여러 애국단체를 만들어 독립운동에 적극 뛰어들었다. 이게 당시 독립운동가 집안의 전형적인 본보기였다고 해도 지나친 말은 아니다.

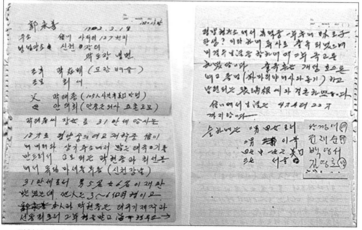

▲ 곽영선 지사가 돌아가신 뒤 남편인 장우근 선생이 곽 지사의 독립운동 사실을 메모하여 자녀들에게 남긴 문서

곽영선 지사 집도 여기서 크게 벗어나지 않았다. 그러한 열악한

환경에서 곽영선 지사의 어머니인 안태희(안중근의사의 5촌 고모) 여사는 딸들의 교육에 전념했다. 곽영선 지사는 여자도 배워야한다는 신념을 가졌던 어머니 밑에서 평양의 숭의학교에 다닐 수 있었으며 이곳에서 조국 독립을 위한 만세운동에 뛰어든 것이다. 곽영선 지사의 아버지인 곽임대 지사는 황해도 신천 출신으로 일찍이 평양 숭실전문학교를 나온 지식인이었다. 1909년 평북 신천에 있는 신성학교 교사로 근무하던 중 1911년 11월, 조선총독 데라우치(寺內正毅) 암살을 기도했다고 일제가 조작한 이른바 105인 사건에 연루되어 구속되었다. 105인 사건이란 조선인 105명이 유죄판결을 받았다고 하여 붙은 이름인데 '데라우치 총독암살미수사건' 이라고도 한다. 1910년 무렵 신민회와 기독교인들을 중심으로 독립운동이 확산되고 있을 때 일제는 이를 막기 위해 여러 사건을 조작하여 애국계몽운동가들을 탄압했다. 이 때 신민회를 탄압하기 위해 105인 사건을 조작했으며 암살미수죄에 해당한다고 혐의를 뒤집어 씌웠고, 곽임대 지사 등 전국적으로 600여 명이 검거되었다.

곽영선 지사의 아버지 곽임대 지사는 미국 캘리포니아 월로스지방에서 노백린 장군과 함께 한인 비행사양성소를 운영하면서 조국 독립의 기틀을 마련한 분이다. 그 뒤 57년간 미국에 머물면서 한인단체의 대표로 독립운동에 참여하였다. 그러나 미국에서 가족과 떨어져 홀로 활동해야 했던 그 고초는 고스란히 가슴에 묻고 지내야 했을 것이다.

"1970년 6월 17일, 나는 57년 만에 그리던 고국에 돌아왔다. 와 보니 내 조국은 말 그대로 상전벽해가 된 느낌이요, 마치 외국에 온 듯한 느낌을 맛보게 했다. 말을 절반 밖에 못 알아들을 정도로 모든 게 격변하여 내 자신이 이방인으로 여겨지기도 했다. 그러나

자녀들이 여기에 있고, 어언 환갑을 맞은 흥사단도 건재해 있으므
로 차츰 정이 들어 비교적 화평한 말년을 보내게 된 것을 하느님께
늘 감사드리고 있다."

– 재미투쟁반세기사 《못잊어 화려강산》 곽임대 지음, 가운데–

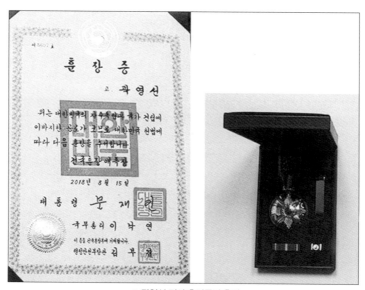

▲ 곽영선 지사 훈장증과 훈장

　아버지와 딸 사이인 곽임대(1993년 애국장 추서), 곽영선 부녀
(父女) 독립운동가는 따님인 곽영선 지사가 2018년, 제73주년 광
복절에 애족장 추서를 받음으로써 세상에 드러났다. 어머니 곽영
선 지사 대신 훈장증을 받아든 따님의 감회는 어땠을까? "어머니
의 고귀한 독립운동이 3·1운동 100주년을 1년 앞둔 올해서야 인
정받게 되어 기쁩니다. 살아생전에 어머니께서 훈장증을 받으셨
더라면……. 여학생들이 저항하며 피 흘려 되찾은 나라가 대한민

국임을 기억하는 우리가 되었으면 합니다."

두 따님 장금실, 장연실 자매의 눈에는 눈물이 고여 있었다. 곽영선 지사는 1980년에 돌아가신 뒤 화장하여 지리산 청학동 근처에 모시고 있는데 이번에 국가보훈처로부터 국립대전현충원에 안장해도 좋다는 허락을 받았다고 한다. 두 자매는 승인서류(경기동부 보훈지청 보훈과 5408)를 기자에게 내보였다. 10월 중순 무렵 좋은 날을 잡아 어머니를 국립대전현충원에 모실 예정이라고 했다.

▲ 99년 만에 서훈을 받은 어머니 곽영선 지사의 독립운동을 말하는 두 따님, 장연실(76살), 장금실(80살) 그리고 글쓴이

팔순의 두 자매가 고이 간직해온, 여장부 곽영선 지사의 흑백사진을 보자 마치 살아생전의 곽영선 지사를 만난 듯 감격스러웠다. 늦었지만 두 따님과 99년 전 평양 숭의여학교의 만세운동에 적극 참여했던 '곽영선 지사의 나라사랑 정신'을 되새겨 볼 수 있어 기뻤다.

돌아오는 길 내내 두 자매가 자랑스러워하던 문재인 대통령 이름이 선명한 어머니 곽영선 지사의 '훈장증'이 뇌리에서 어른거렸다. 3·1운동 100주년을 1년 앞둔 터라 여성독립운동가의 일생을 기록하는 일을 하는 글쓴이에게도 곽영선 지사의 두 따님과의 만남은 매우 값진 시간이었다.

* 이 글은 2018년 9월 21일, 인터넷신문 〈우리문화신문〉에 실린 글임.

🔍 더보기

1. 개화기 여학교의 탄생과 곽영선 지사가 나온 평양 숭의여학교

곽영선 지사가 나온 평양 숭의여학교는 일제강점기인 1919년에서 1930년에 걸쳐 일어난 전국의 만세운동 가운데 특히 평양의 만세운동을 주도했던 학교로 이 지역 여성들의 항일운동과 민족운동을 이끈 중심에 있었다. 개화기에 이 땅에는 기독교 계통의 여학교가 설립되기 시작했는데 1896년 평양에 숭의여학교, 1897년 인천에 영화여학교, 1898년 서울에 배화여학교와 원산에 루씨여학교, 목포에 정명여학교, 1904년 개성에 호수돈여학교, 원산에 진성여학교, 1905년 군산에 영명여학교, 1906년 선천에 보성여학교, 1907년 광주에 수피아여학교와 대구에 신명여학교, 전주에 기전여학교 등이 그것이다. 물론 선교사들이 아닌 한국인들의 손에 의해 세워진 학교도 있었는데 1905년 여성교육단체인 진명부인회·여자교육회·양정여자교육회가 조직되어 태평동여학교를 비롯하여 진명·숙명여학교 등이 세워졌다.

숭의여학교의 경우 1913년에 이 학교 교사였던 황애덕, 김경희, 박정숙 선생이 송죽결사대를 만들어 독립자금을 모아 상해 임시정부에 지원하였을 뿐 아니라 1919년에 일어난 만세운동에 조직적인 참여를 이끌었고, 대한애국부인회 등을 조직하여 평양지역의 항일운동과 민족운동을 확고히 심어주는 역할을 했다. 평양 숭의여학교 출신으로 독립유공자 서훈을 받은 사람은 곽영선 지사(2018. 애족장)을 비롯하여 최초의 여자 비행사로 알려진 독립운동가 권기옥(1977. 독립장), 박현숙(1990. 애국장), 황애시덕(1990. 애국장), 김경희(1995. 애국장) 지사 등이 있다.

2. 부녀(父女) 독립운동가
곽영선 지사의 아버지 곽임대 선생은 미국에서 57년간 독립운동에 헌신

곽영선 지사의 아버지인 곽임대(1885. 9. 9 ~ 1971.11.24.) 지사는 황해도 신천 출신으로 평양 숭실전문학교에서 공부한 뒤 1909년 신천 신성학교 교사로 근무했다. 1911년 11월, 일제가 민족지사들을 대거 탄압하기 시작하면서 테라우치 총독 암살 조작으로 이른바 '105인 사건'을 만들어 독립운동의 뿌리를 뽑으려고 혈안이 되어 있을 때 곽임대 지사도 잡혀 들어갔다. 이 일로 1912년 9월 28일 경성지방법원에서 모살미수죄로 징역 7년을 받았으나 1913년 10월 9일 경성복심법원에서 무죄 판결을 받고 풀려났다. 그 뒤 1914년 4월 고국을 떠나 미국으로 건너가서 10월 21일 안창호가 주도하던 흥사단에 가입 활동했다.

미국에서 파란만장한 삶을 산 곽임대 지사는 고향인 황해도에서 소년시절 도산 안창호 선생의 삶에 감화를 받고 그때부터 큰 꿈을 갖게 된다. 뿐만 아니라 곽임대 지사의 처가는 안중근 의사 집안으로 곽영선 지사의 어머니인 안태희(안중근 의사 5촌 처고모)와 혼인하게 된다. 곽임대 지사 집에는 5살 위인 처조카 안중근이 자주 집에 놀러왔다고 한다. 105인 사건으로 홍역을 치룬 곽임대 지사는 사랑하는 가족을 남겨둔 채 1913년 4월 몽고리아 배편으로 상해를 거쳐 하와이에 도착했다. 이때부터 평생을 도산 안창호의 2인자로 독립운동에 뛰어들었다. 흥사단 단우번호는 37번으로 1927년에는 흥사단 이사부장을 맡았다.

▲ 대한인국민회 중앙총회 총무시절의 곽임대 지사 (앞줄 맨 왼쪽, 사진 대한인국민회 제공)

곽임대 지사는 1920년 8월에 노백린(1962. 대통령장) 장군과 함께 설립한 비행사양성소에서 학생을 가르치기도 했다. 미주지역에서 왕성한 독립활동을 하던 곽임대 지사는 노후를 한국에서 보내기 위해서 86살 때인 1970년 6월 17일 영주귀국 길에 올랐으며 이듬해인 1971년 11월 24일 꿈에도 그리던 고국에서 숨을 거두었다.

정부에서는 고인의 공훈을 기리어 1993년에 건국훈장 애국장을 추서하였다.

▲ 1920년 8월 윌로스비행학교 교관시절의 곽임대 지사
(사진 대한인국민회 제공)

꽃향기 언덕에서 외친 독립의 함성
김경화

조선 여자교육의 전당
꽃향기 언덕에서

기미년 만세 시위
한 돌 되던 해

스물네 명 여전사들
일제 총칼에 두려움 떨치고
대한의 자유 외치다
잡혔어라

어지러운 벗꽃
철창에 나부끼지만

무궁화꽃 활짝 필 날
머지않았네.

김경화 지사

김경화 (金敬和, 1901.7.18. ~ 모름) 애국지사

"이번 제73돌 광복절을 맞아 98년 전 배화여학교(현, 배화여자
고등학교)에 다니던 이 학교 6명의 소녀들이 독립유공자로 추서되
어 기쁩니다. 배화여학교의 독립운동은 3·1만세운동이 일어난 뒤
1년 뒤인 1920년 3월 1일 일어났습니다. 당시 배화여학교에는 독
립정신이 투철하신 남궁억(1863~1939, 1977, 독립장 추서), 김
응집(1897~1937, 2008, 건국포장 추서), 차미리사(1880~1955,
2002, 애족장 추서)와 같은 민족의식이 강한 교사들이 있었습니
다."

이는 배화여자고등학교 오세훈 교장선생님이 들려준 이야기다.
배화여고를 찾아간 것은 2018년 9월 12일 오후 3시로 오세훈 교
장선생님은 글쓴이를 배화여학교 시절 만세운동 자료실로 안내했
다. 배화여고 만세운동 자료실에는 벽면 가득히 만세운동 당시의
사진들이 전시되어 있었고 유리 진열대 속에는 졸업장 등 당시 학
생들의 자료들이 진열되어 있었다.

2018년 8월 15일 제73주년 광복절에 국가보훈처로부터 독립유
공자로 서훈을 받은 6명의 배화여학교 출신의 여성독립운동가는
김경화(金敬和), 박양순(朴良順), 성혜자(成惠子), 소은명(邵恩明),
안옥자(安玉子), 안희경(安喜敬) 지사이다. 배화여학교의 만세운
동은 1919년 3월 1일이 아니라 1돌이 되는 1920년 3월 1일에 일
어났다. 그렇다고 배화여학교가 전국적으로 일어난 1919년 3월 1
일 만세운동에 침묵하고 있었던 것은 아니다. 거국적인 거사 날인
3월 1일을 이틀 앞둔 2월 27일 밤, 기숙사생들이 잠든 사이 배화학
당의 학생 대표인 김정애, 김해라, 최은심 등은 식당에 모여 거사
날에 전교생을 동원할 방법을 모의했다.

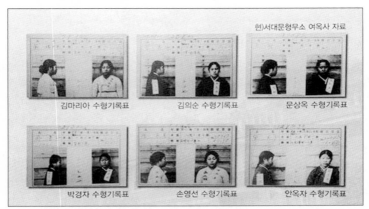

(헌)서대문형무소 여옥사 자료

| 김마리아 수형기록표 | 김의순 수형기록표 | 문상옥 수형기록표 |
| 박경자 수형기록표 | 손영선 수형기록표 | 안옥자 수형기록표 |

▲ 배화여고 자료실에 전시되어 있는 배화여학교 시절 학생들의 서대문형무소 수형기록표, 이 가운데 맨 마지막 인물인 안옥자 지사만 2018년 광복절에 대통령표창을 추서 받았다.

이에 앞서 김정애는 당시 여학생의 연락본부인 이화학당 지하실에서 등사한 독립선언문을 두 번에 나누어 가져와 배화학당에 몰래 숨겨두었다. 독립선언문의 일부는 배화학당에서 쓸 것이고 일부는 거사 날 시내 시위에서 쓰려고 준비해놓은 것이었다. 이들은 2월 27일과 28일 밤, 기숙사 뒤편 철망을 넘어 시내 상가에 선언문을 미리 갖다 놓고 3월 1일을 기다렸다. 그러나 거사 날인 3월 1일에는 정작 만세운동에 참여할 수 없었다. 당시 스미스 교장은 만세운동으로 학생들이 잡혀갈 것을 우려해 학생들이 모이지 못하게 조치를 해두었다. 거기에다가 그날 오후에 일본 헌병이 들이닥쳐 만세시위 사전 주모 학생들을 조사하는 바람에 배화여학교는 1919년 3·1만세운동에 참여하지 못했던 것이다. 이후 곧바로 3월 10일 휴교령이 내려졌고 학생들은 뿔뿔이 흩어져야 했다.

이후 수업이 재개된 학교에서 남궁억, 김응집, 차미리사와 같은 민족의식이 투철한 교사들은 상해 임시정부의 소식 등을 전하며

"썩은 줄과 같은 일본 정책을 끊고 일어서라." 는 격문을 지어 배화학당의 학생들에게 민족정신을 키워주는 교육에 전념하였다. 그 결과 1920년 3월 1일 배화학당의 학생들이 '3·1만세운동 1주년'의 불을 지필 수 있게 된 것이다. 1920년 3월 1일 새벽, 배화학당의 여학생 40명은 학교 뒷산인 필운대로 올라가 대한독립만세를 목청껏 불렀다. 새벽을 깨우는 이들의 함성은 하늘을 찌를 듯 우렁찼다. 그러나 이들의 시위 소식을 들은 종로경찰서 소속 헌병들이 득달같이 달려와 어린 여학생들을 줄줄이 잡아갔다. 이날의 주동자는 고등과 김경화와 보통과 이수희 학생이다. 이들과 함께 만세운동에 참가했다가 서대문형무소에서 옥살이를 한 학생들은 모두 24명으로 그 이름은 다음과 같다.

*이수희, 김경화 : 징역 1년, 집행유예 3년
*손영희, 한수자, 이신천, 안희경, 안옥자, 윤경옥, 박하경, 문상옥, 김성재, 김의순, 이용녀, 소은숙, 박심삼, 지은원, 소은경(국가보훈처 기록에는 소은명), 최난시, 박양순, 박경자, 성혜자, 왕종순, 이남규, 김마리아 : 징역 6개월, 집행유예 2년

위 명단에서 보듯이 1920년 3월 1일 배화학당의 만세운동으로 옥고를 치룬 이들은 모두 24명이지만 2018년 광복절에 서훈을 받은 이들은 김경화, 안희경, 안옥자, 소은명(배화백년사 기록에는 소은경) 박양순, 성혜자 등 6명뿐이다. 같은 옥고를 치르고도 이번 서훈자에서 빠진 이유는 무엇인지 국가보훈처의 설명이 필요한 대목이다. 민족의식이 투철한 교사들과 그 아래서 빼앗긴 나라를 되찾기 위한 배화여학교 여학생들의 처절한 절규는 자료실에 그대로 보존되어 있었다. 아쉬운 것은 교실 하나를 자료실로 쓰고 있어 좀 더 생생한 자료를 보여줄 수 있는 시설이 되지 못하고 있다는 느낌을 받았다.

그나마도 이 교실은 "2009년 졸업생 박희정의 아버님(박상윤)

께서 꾸며주셨습니다. 2009년 11월 15일" 이라고 쓴 표지로 보아 개인이 사비로 꾸며준 것 같았다. 올해 6명의 여성독립운동가 서훈을 받은 학교이니 만치 자료실을 좀 더 알차게 꾸몄으면 좋겠다는 느낌을 받았다. 명실 공히 배화학당이야말로 여성독립운동가의 산실이 아닌가? 배화여고 자료실을 둘러보면서 문득 광복 68주년 (2012)에 7명의 여성독립운동가를 배출한 목포정명여학교(현 정명여자중학교)의 번듯한 독립자료관이 떠올랐다. 그간 배화여학교 출신의 여성독립운동가들이 사회의 조명을 덜 받아 이들을 기리는 시설을 제대로 마련할 수 없었는지 모른다. 하지만 배화학당이 이제는 독립운동의 산실로 자리매김하였으니 제대로 된 배화의 독립자료관이 들어섰으면 하는 바람을 개인적으로 해보았다.

▲ 1920년 3월 1일 안옥자 지사가 잡혀가는 모습이 담긴 귀중한 자료 사진

배화학당의 배화(培花)란 꽃을 기른다는 뜻으로 조선의 여성을 신앙과 교육으로 길러 아름답게 꽃을 피워내는 배움의 터전이란 뜻을 품고 있다. 2018년으로 개교 120돌을 맞이하는 배화여자고등학교는 1898년 10월 2일, 미국 남감리교 여선교사 조세핀 필 캠벨(Mrs. Josephine Eaton Peel Campbell) 여사가 당시 고간동(현 내자동)에서 여학생 2명과 남학생 3명으로 시작한 학교다.

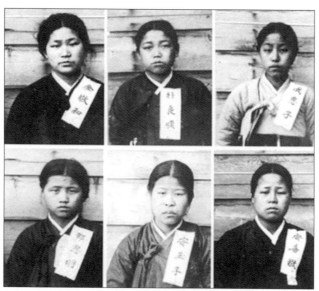

▲ 배화여학교 6인의 소녀들, 이들은 2018년 8·15광복절에 서훈을 추서 받았다. 김경화, 박양순, 성혜자(뒷줄), 소은명, 안옥자, 안희경 지사(앞줄) (사진 국가보훈처 제공)

현재는 839명의 여학생들이 과거 서울의 명소인 필운대(서울시 문화재자료 제9호, 백사 이항복 집터)를 배경으로 풍광이 아름다운 학교에서 다수의 여성독립운동가를 배출한 학교의 자존심을 걸고 열심히 학업을 닦고 있다. 배화여자고등학교는 개교 120돌의 전통을 간직한 학교답게 교내에는 현재 교무실 등으로 쓰고 있는 캠벨기념관(1926), 생활관으로 쓰고 있는 초기 미국선교사들의 주택으로 사용했던(문화재청 등록문화재 제93호) 건물 등 오래된 건축물들이 남아 있어 역사의 향기를 느끼게 한다.

▲ 현재 교무실 등으로 쓰고 있는 캠벨기념관 (등록문화재 제673호, 1926)

교정을 둘러보면서 98년 전 1920년 3월 1일, 만세운동을 주도했던 24명(이 가운데 6명만 2018년 광복절에 서훈 받음)의 배화학당 여전사들의 함성을 떠올려보았다. 3·1만세운동 100돌을 1년 앞둔 배화학당이 '서울 여성독립운동가의 산실'임을 증명하는 학교로 거듭났으면 하는 바람을 갖고 교정을 나왔다.

* 이 글은 2018년 9월 23일, 인터넷신문 〈우리문화신문〉에 실린 글임.

샌프란시스코 여자애국단을 조직한
김낙희

일찍이 장인환, 전명운 의사가
일제국주의 하수인 스티븐스를
처단한 땅 샌프란시스코

그 기운 이어받아
구국의 일념으로 만든
여자애국단

일흔여섯
삶의 수레 멈추던 그 날까지
추호의 굴함 없이
뛰어 온 이여

모든 것 내려놓고 돌아온
고국의 품에서
편히 잠드소서.

김낙희 지사

김낙희 (金樂希, 1891 ~ 1967) 애국지사

　김낙희 지사는 평양 출신으로 23살에 미국에 건너가 샌프란시스코에서 한국부인회 대표로 대한여자애국단을 결성하여 재무와 서기 등의 일을 맡아 뛰었다. 또한 조선여자대학 협조회 발기인 등으로 활동하며 독립운동자금을 지원하는 등 76살로 현지에서 숨을 거두기까지 오로지 조국의 독립과 발전을 위한 일에 적극 뛰어들어 한 평생을 바쳤다.

　일제가 조선을 강탈하기 1년 전인 1909년 6월 16일, 김낙희 지사는 7명의 학우들과 정신여학교 제3회 졸업사진을 찍은 것으로 보아 김낙희 지사의 부모님은 일찍부터 여자에게도 신학문을 가르쳐야한다는 생각을 가진 분인 듯하다. 김낙희 지사가 1914년 5월 7일 23살의 나이로 샌프란시스코에 도착하기 까지 고국에서의 활동 기록은 아직 밝혀지지 않고 있다.

　다만 1914년 5월 7일 〈신한민보〉에는 김낙희 지사가 몽골리아 배편으로 일본 고베를 거쳐 샌프란시스코에 도착했다는 사실을 보도하는 것으로 보아 고국에서 이미 이름 석 자를 알릴 정도의 일을 하고 있었을 것으로 짐작된다. 당시 독립운동가 차경신 지사 등 고국에서 활동하던 여성들이 미국에 도착하게 되는 경우 김낙희 지사처럼 신문지상에 그 일거수일투족이 실리고 있는 사실로 미루어 알 수 있다.

　김낙희 지사는 미국에 건너간 지 2년 만인 1916년 6월 8일, 25살의 나이로 백일규 지사와 혼인을 하고 부부 독립운동가로 활약한다. 김낙희 지사는 1914년 5월, 미국에 건너가자마자 샌프란시스코에서 샌프란시스코 한국부인회를 조직한 이래 1945년까지 한국부인회대표, 대한여자애국단 결성 등에 적극 참여하였다. 이에 앞서 1919년 5월 18일 다뉴바의 신한부인회와 새크라멘토의 한인부인회가 함께 합치기로 하자 이를 계기로 부인회 통합운동이 일어났다.

▲ 김낙희 지사가 샌프란시스코에 도착했다는 기사
(신한민보. 1914.5.7.)

김낙희 지사는 1919년 8월 2일, 5개 지방 부인회가 마련한 합동발기대회에 전그레이스·박애나·최유실과 함께 샌프란시스코 한국부인회 대표로 참석하여 대한여자애국단을 조직하였다. 1924~1925년, 1927~1929년, 1932~1933년 대한여자애국단 총단(總團)의 재무로 활동하였다. 정신여학교 제3회 졸업생인 김낙희 지사는 1928년 김필례·차재명 등과 모교인 정신여학교의 재정이 어렵다는 소식을 전해 듣고, 조국의 여성교육을 후원하기 위해 재정을 지원하였다. 1930년 3월 대한여자애국단 총단 위원으로 광주학생운동에 관한 진상을 영문 책자로 출판·선전하고자하는 대한인유학생총회에 60달러를 지원하였다.

또한 1931년 대한여자애국단 총단 위원으로 한국에 여자대학이
설립된다는 소식을 듣고 조선여자대학 협조회 발기인이 되어 2천
달러를 모집하여 기부하였다. 1942년 대한여자애국단 총단 위원
을 맡고 1943년에는 대한여자애국단 로스앤젤레스지부에서 활동
하였다. 1945년 1월에는 조선민족혁명당 기관지 『독립』 신문사
로부터 로스앤젤레스 본사에서 열린 제3차 사우총회 참석을 요청
받아 참석하였다.

▲ 정신여학교 제3회 졸업사진(1909.6.16.)

김낙희 지사는 미주지역의 애국활동과 함께 1919년부터 1945
년까지 독립의연금, 대한민국임시정부후원금 등의 명목으로 여러
차례 독립운동자금을 지원하는 열성을 보였다. 1967년 76살로 미
국 땅에서 숨진 김낙희 지사는 남편 백일규 지사와 로스앤젤레스
로즈데일무덤에 잠들어 있다가 2002년 10월 8일, 꿈에도 그리던

고국으로 돌아왔다. 현재 국립대전현충원(애국지사 제2-975)에 남편 백일규 지사와 함께 영면해 있다.

▲ 김낙희·백일규 지사가 잠들어 있는 국립대전현충원에서 글쓴이

글쓴이는 2018년 8월 8일(현지시각) 낮 11시, 민병용 미국 LA 한 인역사박물관장의 안내로 로스앤젤레스 외곽에 자리한 로즈데일 무덤을 찾아 묘비에 헌화했다. 비록 유해는 고국으로 돌아왔지만 50여년이라는 긴 세월동안 이역 땅에서 부부 독립운동가로 활약하 다가 묻힌 로즈데일무덤 자리에 있는 묘비야 말로 조국 독립을 위 해 헌신했던 김낙희, 백일규 부부의 '나라사랑 정신'의 징표가 아 닐까하는 생각을 가져보았다.

정부는 고인의 공훈을 기리어 2016년에 건국포장을 추서하였 다.

미국 독립운동사에 한 획을 그은 남편 백일규 지사

▲ 백일규 지사

백일규(1880. 3.11. ~ 1962. 5.31.) 지사는 미국 독립운동의 1번 지인 '대한인국민회'의 제2인자로 알려진 인물이다. 백일규 지사는 평안남도 증산군 성도면 오화리 출신으로 고향에서 한학을 공부한 뒤 평양에서 소학교와 중학교를 마치고 서울로 올라와 관립대학 1학년을 다녔다. 1894년 전라북도 고부 전봉준이 주동하던 동학에 가담하여 반외세 반봉건 투쟁을 했다. 그러던 중 더 큰 세상을 그리며 1905년 하와이 사탕수수농장에 노동자로 이민길에 올랐다. 백일규 지사 나이 26살 때의 일이다.

그러나 막상 도착한 하와이 사탕수수밭 노동은 미래가 보이지 않는 생활이었다. 당시 하와이 한인 노동자들은 한 달 월급으로 18달러의 임금을 받았는데 쌀과 야채, 고기, 빵과 버터 등 먹거리를

사는 데만도 절반 이상의 돈을 써야했다. 새벽 4시부터 일어나 꼬박 10시간 이상의 고된 노동을 했지만 미래가 보이지 않는 사탕수수밭 농장 일이었기에 1년 만에 청산하고 백일규 지사는 본토 샌프란시스코로 건너갔다.

샌프란시스코로 건너가기 전, 하와이에서 백일규 지사는 하와이 한인단체인 '에와친목회'에 가입하여 활동하였는데 이는 단순한 친목회가 아니라 조국의 국권상실을 되찾기 위한 단체였다. 샌프란시스코에 가서도 육체노동일은 지속되었다. 당시 한인이 할 수 있는 일은 농장이나, 철도공사장, 광산과 같은 일자리가 고작이었다. 열악한 이민자의 삶 속에서도 백일규 지사는 미주지역의 대표적인 국권회복운동 단체인 대동보국회(大同保國會)에 가입하여 활동하였다.

백일규 지사는 대동보국회의 창립과정에서부터 적극적으로 참여하여 1908년에는 중앙회장을 맡았으며, 회의 기관지인 〈대동공보〉의 주필을 맡았다. 백일규 지사가 대동보국회와 〈대동공보〉를 통해 국권 회복을 꾀하고 있을 무렵 장인환·전명운 의사에 의한 샌프란시스코 의거가 일어났다. 대한제국 정부의 외교고문 직책의 친일파 스티븐스(Durham White Stevens)는 일본의 대한정책을 미화하는 등 자신의 의견을 미국사회에 전파시키고 있었다. 이에 미주한인들은 스티븐스의 친일 발언에 분개하여 그러한 행동을 중지할 것을 요청했지만 이를 듣지 않자 1908년 3월 23일 장인환·전명운 의사는 친일파 외교관 스티븐스를 처단하게 된다.

이 일로 잡혀간 장인환·전명운 의사의 석방을 위해 미국에서는 7인의 전권위원회가 조직되었다. 7인의 전권위원은 백일규 지사를 비롯하여 최정익·문양목·정재관·이일·김영일·이영하 등이 맡았다. 도산 안창호 선생과 함께 활약하던 백일규 지사는 1919년 3·1만세운동이 확산되자 대한인국민회 중앙총회장이던 안창호 선생이 1919년 4월 1일 독립운동을 위해 중국 상해로 떠나자 미국, 하와이, 멕시코지역 독립운동의 사령탑을 맡게 되었다. 백일규 지사는 미국 대통령, 국무장관 대리, 프랑스, 영국, 이태리 수상 등에게 한국의 독립을 위한 호소편지를 계속해서 썼다. 편지에서 일화배척, 한인 인구등록 등 대한인국민회의 갈 길을 제시했고, 미주에서 독립운동과 임시정부 지원 자금 8만여 달러를 모금하는 일에 앞장섰다.

한편 백일규 지사는 미국 땅에서 학업을 계속했는데 33살의 나이로 1913년 헤이스팅스고등학교를 마치고 이어 네브라스카대학교에 입학하는 등 쉴 틈 없는 시간을 보냈다. 백일규 지사는 네브라스카로 이주하여 박용만이 설립한 '한인소년병학교' 에서 간부로 활약했다. 당시 재미한인들은 이 소년병학교를 '병학교' 라고 불렀는데, 일종의 하기군사학교(夏期軍事學校)로 한인학생들이 3달에 이르는 여름방학을 활용하여 군사훈련을 이수할 수 있도록 마련된 것이다. 한인소년병학교의 설립목적은 장기적인 독립투쟁을 대비하여 군사교육을 받은 장교를 양성하는 것이었다. 한인소년병학교는 네브라스카 주정부의 허가를 받아 1909년 6월 초순 한인소년병학교를 정식으로 허가를 받았다.

한편, 백일규 지사는 1914년 대한인국민회 북미총회 기관지 〈신한민보〉 주필이 되어 샌프란시스코로 이주한 뒤에도 소년병학교 운영에 계속 지원을 아끼지 않았다. 백일규 지사는 그 뒤 미국 명문대학인 캘리포니아대학교 버클리에서 경제학을 공부하여 학사학위까지 획득한 지성을 갖춘 언론인으로 활약했다. 독실한 기독교인이자 흥사단 단우로서 미주한인사회에서 존경을 한 몸에 받

았으며 1920년에는 《한국경제사》를 펴내 교포자제들의 민
족교육 교재로 활용하도록 했다. 또한 1925년 11월 17일 대
한인국민회 북미총회장으로 뽑혀 1934년까지 9년 동안 조
국독립을 위해 뛰었다. 1934년 1월부터 2년 동안은 대한민
국임시정부 샌프란시스코 제3행서 재무위원으로 군자금을
모금하여 임시정부를 적극 도왔다.

▲ 1남 2녀를 둔 김낙희, 백일규 지사의 단란한 한때

국내에서는 동학에 가입하여 활약했으며, 미주에서는 대
동보국회와 대한인국민회, 조선혁명당미주총지부 등에서
조국의 독립을 위해, 또 광복 이후에는 재미동포를 위해 헌

신하는 삶을 살았던 백일규 지사는 부인 김낙희 지사와의 사이에 1남 2녀를 두었으며 하와이대학교 서대숙 교수는 백일규 지사의 자서전을 영문으로 번역했다. 1962년 5월 31일 82살로 미국 땅에서 숨진 백일규 지사는 부인 김낙희 지사와 로즈데일무덤에 안장되어 있다가 2002년 10월 8일 국립대전현충원(애국지사 제2-975)에 이장되어 영면에 들었다.

정부에서는 고인의 공훈을 기리어 1997년 건국훈장 독립장을 추서하였다.

중경의 혁명여성동맹원으로 활약한
김수현

나라 잃은 망국민 되어
낯선 이국땅 중경에서

운명을 같이 한
혁명여성동맹 동지들

혁명은
나약한 틀을 깨는 것

삭아 끊어질
낡은 줄 버리고
단단한
동아줄이 되자고 외친
임 계셔

빼앗긴 겨레의 빛
되찾았노라.

김수현 지사

김수현 (金秀賢, 1898.6.9. ~ 1985.3.25.) 애국지사

　김수현 지사는 남편 이광(1967, 독립장) 지사와 함께 독립운동에 뛰어든 부부 독립운동가다. 김수현 지사는 1940년 6월 17일, 중국 중경에서 결성된 한국혁명여성동맹 창립에 참여하였다. 한국혁명여성동맹은 한국독립당의 외부단체로 대한민국임시정부 요인들의 가족들이 주로 중심이 되어 만든 조직인데 대한민국임시정부의 독립운동을 지원하고 교육활동에 주력하는 등의 활동을 하였다. 김수현 지사는 또한 1943년까지 한국독립당 당원으로 활동하였다.

　김수현 지사가 활약한 중경은 중국 상해(1919~1932)에서 대한민국임시정부가 생긴 이래 항주(1932~1935) → 진강(1935~1937) → 장사(1937~1938) → 광주(1938) → 유주(1938~1939) → 기강(1939~1940) → 중경(1940~1945)으로 이어지는 26년간의 떠돌이 생활을 끝으로 정착한 곳으로 독립운동사에 중요한 위치를 차지하는 곳이다. 대한민국임시정부는 중경에서 석판가·양류가·오사야항의 3곳에 청사 건물을 두어 사용하였으며 마지막으로 1945년 1월부터 8월까지 현재의 기념관이 있는 연화지 청사를 사용하였다. 대한민국임시정부는 중경에 머물며 1940년 9월 17일 한국광복군을 창설하는 등 활발한 독립운동을 펼쳤다.

　김수현 지사가 활약한 한국혁명여성동맹 '창립 선언서'의 일부를 보면 "지금 우리가 처한 환경은 어느 민족의 여성들보다도 더욱 고통스럽고 비참하다는 사실을 우리 모두는 너무나 잘 알고 있습니다. 나라를 잃은 망국민인 우리는 이민족의 비인도적인 압박과 착취 아래 소와 말만도 못한 고초의 나날을 보내고 있습니다.

우리는 인류의 평등과 정치적 자유를 논할 자유도 없으며, 경제의 균등과 문화의 향유는 감히 상상해볼 수 없는 처지에 있습니다." 라면서 1천 5백만 한국여성들은 5천년의 찬란한 문화와 역사를 이어갈 수 있도록 현재 처해진 운명을 극복해나가자는 의지에 찬 내용으로 가득 차 있다.

한국혁명여성동맹에서 활약한 여성 가운데 독립유공자 서훈을 받은 사람은 김수현(2017) 지사를 비롯하여 조용제, 송정헌, 이순승(이하, 1990. 애족장), 정현숙(1995. 애족장), 최형록(1996. 애족장), 오영선 (2016.애족장), 오건해, 이헌경, 김병인, 이숙진, 윤용자 (이하, 2017. 애족장)지사 등이 있다.

정부에서는 고인의 공훈을 기리어 2017년 애족장을 추서하였다.

🔍 더보기

1. 만주 독립기지에서 상해 임시정부까지 뛴 남편 이광 지사

이광(1879.9.30. ~ 1966.11.26.) 지사만큼 독립운동의 활동 폭이 넓은 분도 드물 것이다. 독립운동단체인 신민회 가입, 서간도 신흥학교 교장, 임시정부 외교 업무 담당, 나석주 의사의 동양척식회사 폭탄의거 적극 지원, 임시정부 환국 후에 중국에 남아 교포 송환 문제를 담당한 한교선무단(韓僑宣撫團)에서 활약하는 등 조국광복을 위해 헌신적으로 일했다.

이광 지사는 충북 청주에서 태어나 1894년 한성사범학교를 거쳐 1904년 일본으로 건너가 와세다대학 정치경제학과 2년을 수료

했다. 귀국 뒤인 1907년 신민회에 가입하였는데 이광 지사가 가입한 신민회는 양기탁, 안창호 등이 주축이 되어 만든 독립운동단체였다. 1909년 양기탁의 집에서 열린 간부회의에서 신민회는 만주지방에 민주정부와 군관학교를 설립하여 독립운동기지를 확보하기로 결의했다. 이를 위해 신민회는 답사를 통해 중국 요녕성 유하현 삼원보에 정착하기로 하고 1910년 12월, 이광 지사는 이회영·이동녕·이상룡 등과 함께 만주로 떠났다. 만주에 도착한 신민회원들은 1911년 봄에 경학사(耕學社)를 조직하고 신흥강습소(신흥무관학교 전신)를 설치했다. 경학사는 농사를 짓고 배워서 독립 국민의 자질을 갖추고 독립운동의 터전을 마련하자는 의미요, 신흥강습소는 조국 광복 전쟁의 핵심이 될 청년군관의 양성을 목적으로 만든 것으로 이광 지사는 신흥학교 교장을 지내기도 했다.

▲ 이광 지사

1912년에는 북경으로 가서 신규식이 이끄는 동제사에 가입해 활동하다가 북경대학에서 학업을 계속했다. 1918년 11월, 국내에 들어와 양기탁, 전덕기, 최성모 등과 함께 일본에 저항하는 민중 시위운동을 펼치기로 뜻을 모았으며, 길림에서 대한독립선언 대표 39명 가운데 1인으로 참가해 서명하기도 했다. 1919년 4월 11일 상해에 임시정부가 수립되자 임시의정원 의원으로 뽑혔으며 1921년 12월에는 임시정부 외무부 외교위원으로 조성환, 한세량 등과 함께 북경주재 특파원의 임무를 맡아 교민들의 거주권 확보와 생활안정 등 생계 보호에 앞장섰다. 1930년에는 북경에서 박용태 등과 대한독립당주비회를 결성하고 기관지 한국의혈(韓國之血)의 기자로 활동했다. 1932년 9월에는 남경에 모인 독립투사들과 한국광복진선(韓國光復陣線)을 조직하고 간부가 되어 홍진, 조완구, 조소앙, 현익철, 조경한, 엄항섭 등과 함께 선전활동에 전념했다. 1938년에는 장사에서 대한민국임시정부 호남성 외교원으로 활약했으며, 1944년 3월에는 한국독립당 당원으로서 임시정부를 적극 지원했다.

1945년 광복을 맞이한 뒤 10월 15일 임시정부 환국에 앞서 교포 보호를 위한 한교선무단(韓僑宣撫團)을 조직하여 임시정부가 환국한 뒤에도 중국정부와 연락업무 및 교포 송환문제 등을 담당했다. 1948년 귀국한 뒤에는 1949년 충청북도지사, 1952년 감찰위원회위원장, 1954년 체신부장관 등을 역임했다. 1963년 건국훈장 독립장이 수여됐으며, 1966년 87살을 일기로 숨을 거두었다.

2. 김수현 지사의 두 아들, 이윤장·이윤철도 독립운동가

김수현, 이광 부부 독립운동가의 큰아들인 이윤장(1923 ~ 2018) 지사는 광서성(廣西省) 유주(柳州)에서 한국광복진선청년공작대에 입대하여 항일투쟁에 관한 계몽 및 선전활동을 펼쳤다. 그 뒤 광복군 제2지대에 편입하여 산서(山西), 하남(河南)지구에서 일본군을 무너뜨리는 공작활동 등을 펼치다가 광복을 맞이하였

다. (1990년 애국장)

　작은아들인 이윤철(1925 ~ 2017) 지사는 광서성(廣西省) 유주
(柳州)에서 한국광복진선청년공작대에 입대하였으며, 1942년 9
월에 임시정부의 인재양성 계획에 따라 중국공군통신학교 제5기
에 입교하였으며, 1945년 5월에 졸업함과 동시에 사천성(四川省)
신진(新津) B29기지에 배속되어 전선 출격작전 지원업무에 종사
하다가 광복을 맞이하였다. (1990년 애족장)

한인동포의 민족자존심을 드높인

김순도

조선인 괴롭히던 데라우치 놈
저를 죽이려 음모했다고
멀쩡한 지식인
600명이나 잡아 가두던 날

스물한 살 처녀 선생
죄 없이 잡혀가
쇠창살 감옥에 갇혔다네

아이들 사랑한 선생이
무슨 음모 꾸몄다고
일 년이나 잡아넣고 고문질했나

피멍든 몸과 마음
깊은 병으로 도져
서른일곱 짧은 생 마감하던 날

하늘에서 내리던 핏빛
빗줄기
처연하여라.

* 애국지사 600명 잡아 가둔 사건(일명 데라우치 총독을 암살하려했다는 날조
  사건으로 1심 공판에서 105명이 유죄판결을 받았다고 하여 105인 사건이라고 함)

김순도 (金順道, 1891 ~ 1928) 애국지사

김순도 지사는 평안북도 선천 출신으로 1911년 일제가 무단통치의 한 고리로 민족운동을 탄압하기 위하여 데라우치 총독을 암살하려했다는 날조 사건(제1심 공판에서 105명이 유죄판결을 받았다고 하여 105인 사건이라고 함)에 연루되어 잡혀 들어가 1년간 잔혹한 고문을 받았다.

1910년 전후 평안도와 황해도 등 서북지역에서는 신민회와 기독교인들을 중심으로 신문화운동을 통한 독립운동이 확산되고 있었다. 이에 조선총독부는 이 지역의 반일 운동을 탄압하기 위해 여러 종류의 사건을 조작하여 애국지사들을 탄압하기에 이른다. 105인 사건도 그 가운데 하나였다. 출옥한 뒤 김순도 지사는 중국으로 망명하여 남만주·상해·광동 등지를 옮겨 다니며 독립운동을 펼쳤다.

1919년 4월 대한민국임시정부가 조직되자 임시정부 요인의 신변을 보호하는 한편 중국 상해지역 청년 동지들의 뒷바라지를 해주었다. 또한 항일독립문서 배포를 통해 한인 동포들의 민족정신을 드높이고, 항일독립투쟁에 필요한 무기를 운반하는 등 독립운동의 맨 앞에서 활동하였다. 김순도 지사는 중국 광동에서 황포군관학교의 한국인 교관과 학생들을 후원하던 중, 병을 얻어 1928년 37살의 나이로 상해에서 숨을 거두었다.

정부에서는 고인의 공훈을 기리어 1995년에 건국훈장 애족장을 추서하였다.

김순도 지사 포함, 일제가 조작한 105인 사건에 연루된 선천 출신 독립운동가

일제가 조작한 이른바 '데라우치 총독암살미수사건'은 제1심 공판에서 조선인 105명이 유죄판결을 받았다고 하여 '105인 사건'이라고도 한다. '105인 사건'이 일어나기 바로 전 해인 1910년, 안명근이 독립 자금을 모으다가 잡혀 총독 데라우치 마사타케를 암살하려고 했다는 누명을 쓴 사건이 있었다. 일본은 평안도를 중심으로 하는 배일 기독교 세력과 신민회의 항일 운동을 탄압하기 위하여 이 사건을 날조하여 신민회원을 비롯한 민족 지도자 600여 명을 잡아들였다. 이때 김순도 지사를 비롯하여 중심인물 105명이 1심 공판에서 유죄를 받았다.

〈신한민보〉에서는 1912년 7월 15일치 별보(別報)에 '애국당을 궤멸하려는 계책'이라는 제목으로 신문 한 면에 사건의 전말과 관련자 81명의 이름과 직업, 나이를 밝혀 실었다. 명단을 밝히기 전에 〈신한민보〉는 다음과 같은 이유를 들고 있다.

"왜독부(총독부)는 한국의 애국당을 박멸코자 하는 큰 간계를 세우고 이른바 총독 수뇌부를 암살하려는 음모를 꾸며 전국의 독립지사를 일망타진하니 그 간계의 진상을 기록하건대 경성 지방법원 검사 경장삼랑의 명의로 고발한 기소장 내용은 아래와 같다."

여기서는 김순도 지사가 속한 선천지역 출신의 독립지사만 소개한다. 81명 가운데 24명이 평안북도 선천 출신이라는 사실이 놀

랍다. 직업은 교사, 목사, 잡화상, 학생 등 다양하며 나이 또한 10대부터 40대까지 폭이 넓다. (이는 글쓴이가 선천지방 독립지사만 추린 것임)

▲ 일제가 날조한 105인 사건에 연루된 김순도 지사 등 기사 (신한민보. 1912. 7. 15.)

김순도(21살, 교사), 김진형(21살, 교사), 양준명(34살, 잡화상), 양전백(43살, 목사), 최덕윤(30살, 교사), 노정연(38살, 잡화상), 안준(46살, 교사), 강규찬(39살, 교사), 선우혁(29살, 교사), 장시욱(32살, 교사), 곽치종(29살, 교사), 리정순(23살, 교사), 차균설(34살, 교사), 리용혁(26살, 교사), 강규찬(39살, 교사), 양준희(28살, 교사), 김익겸(25살, 교사), 나봉규(28살, 학생), 리재희(20살, 학생), 리규엽(19살, 학생), 차희선(23살, 학생), 리자윤(19살, 학생), 차영준(25살, 학생), 오탁의(31살, 교사)

호롱불 밝히며 태극기 그린
김신희

어머니!
밤이 깊어 갑니다

우리가 어둠 속에서
호롱불 밝히고
태극기 만든 것은

불의를 보고
참지 말라던 스승의
가르침을 따르기 위함입니다

어머니!
태극기 높이들어
일제 만행에 저항하다 죽더라도
울지 마소서

조선의 딸들이 겪은 고초
겨레의 꽃으로
피어나리니
슬퍼하지도 마소서.

김신희 (金信熙, 1899.4.16. ~ 1993.4.23.) 애국지사

▲ 전주 기전여학교 여학생들의 만세운동 기사 (신한민보.1919.6.7.)

"지난 3월 13일, 전주에서 왜적들이 우리 여학생 14명을 잡아들여 독립시위운동 선동죄로 옥에 가두어 두었는데 우리 여학생들이 밥을 굶기로 작정하고 4일 동안이나 왜놈이 주는 밥을 먹지 않았더니 왜놈들이 도리어 두려워하였다. 왜놈들은 붙잡은 14명 여학생을 불러내어 심문할 때 그 여학생들은 화평한 기상과 담대한 말로 대답하되 '우리는 너희의 판결에 불복한다. 너희는 우리 강토를 빼앗고 우리 민족을 학살하는 강적이거늘 삼천리 주인 되는 우리를 심문하는 일이 다 무엇이냐!' 고 하였다. 그러면서 달려들어 왜놈의 취조문을 뺏어 찢으매 왜놈이 칼로 여학생의 머리를 쳐 오른쪽 귀가 상하였다. 왜놈들은 신체검사를 한다고 하면서 여학생의 옷을 발가벗기고 조롱하였으며, 그 가운데 임영신이라는 여학생은 손을 들어 왜놈을 때렸다. 그때 잡혀간 여학생의 이름은 다음과 같다. 임영신, 정복수, 김공순, 최애경, 김인애, 최요한나, 강정순, 함의선, 함연순, 최금주, 송순이, 길순실, 김신희, 정월초 제씨라."

　　　　　　- 세계 자유사상에 처음 보는 십만 명 애국 여자의 대활동 가운데 일부
　　　　　　　　　　　　　　　　　　　　　　　　　(신한민보. 1919. 6. 7.)

▲ 1920년대 기전여학교 고등과 졸업반(뒷줄 가운데는 콜튼 교장)

　미주에서 발행하는 〈신한민보〉에는 당시 전주 기전여학교 학생들의 만세운동 상황을 생생히 보도하고 있다. 이때 14명의 여학생 가운데 한 명이 김신희 지사다. 김신희 지사는 전주 기전여학교 재학 중 3월 13일 전주 장날 만세운동에 참여하였다. 김신희 지사는 김공순, 송순이 등과 함께 신흥학교 지하실에 모여 호롱불을 켜 놓고 시위 때 쓸 태극기와 선언서를 밤새 만들어 감춰놓았다. 그리고 이튿날 김신희 지사의 어머니 등이 망을 봐주는 가운데 신흥학교 지하실에 감춰둔 태극기와 독립선언서를 채소인양 가마니 부대에 담아 지금의 서학동 파출소 자리로 가지고 나와 그곳에 와 있던 신흥학생들과 합세하였다.

　만세 당일 망을 봐주던 어머니들은 자신의 어린 딸들이 나라를

위해 목숨을 걸고 만세운동에 참여하려고 할 때 앞장서서 먼저 출발한 시위대가 남문 쪽으로 밀려들어오는 때를 알려주어 합세할 수 있도록 도왔다.

"온다, 온다" 어머니들의 고함소리와 함께 하얀 치마저고리를 입은 기전의 딸들은 아무런 두려움 없이 태극기를 흔들며 시위대와 함께 목청껏 대한독립만세를 불렀다. 이 날 만세시위로 잡혀간 기전의 딸들은 김신희 지사를 비롯하여 김공순, 송순이, 임영신, 정복수, 최금주, 최애경, 최요한나, 함연춘, 함염순 등이었다. 김신희 지사는 일경에 잡혀 3개월간 고초를 당하다 1919년 6월 보석으로 풀려났으나 같은 해 9월 3일 대구복심법원에서 이른바 보안법 위반으로 징역 6월, 집행유예 3년을 선고받았다.

정부는 고인의 공훈을 기리어 2010년에 대통령표창을 추서하였다.

🔍 더보기

1. 전주기전학생 3·1만세운동 공판 판결문

최기물(20살), 최애경(18살), 최요한나(17살), 김공순(18살), 최금수(21살), 함연춘(21살), 정복수(17살), 송순태(18살), 김신희(21살), 강정순(21살), 임영신(21살), 김순실(17살), 김나현(17살)

위 피고인들은 1919년 3월 13일 수백 명의 군중과 함께 대한독립만세를 불러 치안을 방해하였으므로 보안법 제7조 제7호 1조에 의해 징역6월에 처함.

1919.6.30

광주지방법원 전주지청 조선총독부 판사 하시모토지로

2. 전주 독립운동의 산실 기전여학교

구한말 어수선한 시기인 1900년 4월 24일 미국 남장로교 출신의 최마태(mattie tate) 선교사가 소녀 6명으로 시작한 기전여학교는 처음에 전주 은송리(현 완산초등학교)의 작은 초가집에 둥지를 틀었다. 당시 관리들은 이들이 거주하고 있는 곳이 조선왕조의 발상지임을 들어 다른 곳으로 옮겨가도록 하였다. 이때 전주시로부터 받은 땅이 화산동 일대로 이곳에 건물이 들어서고 제1대 교장으로 전킨 선교사가 취임하였다.

학교 이름을 기전(紀全)이라고 지은 것은 'Junkin Memorial'에서 유래한 것으로 전킨 목사는 1892년 한국에 와서 선교활동을 하면서 아내가 운영하던 기전여학교에 많은 도움을 주다가 1908년 1월 2일 세상을 떠났다. 이에 전킨(全緯廉)을 기념(紀念)하기 위해 기전여학교라고 이름을 지은 것이다.

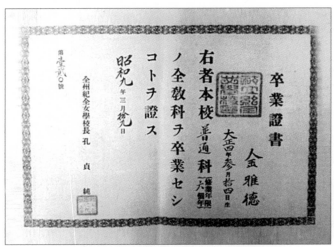

▲ 1925년 일제강점기 시절 일본어로 된 기전여학교 졸업증서

1902년 개교할 당시는 남존여비 관습이 강하던 시절이라 학생 모으기가 쉽지 않았다. 기전여학교보다 1년 먼저 개교한 남자학교인 신흥(新興)학교에는 학생들이 날로 늘어 갔으나 여학교인 기전은 달랐다. 그래도 선교사들은 학생 숫자보다는 질적인 교육을 위해 힘썼는데 특히 '한국에 필요한 여성, 교회 전도에 필요한 여성'에 초점을 두고 교육에 전념했다.이러한 교육 이념 아래서 학생들은 빼앗긴 조국의 역사적 현실을 직시하고 민족적 위기에 직면하여 강한 저항정신을 기르게 된다. 그 밑바탕에는 선교사들의 헌신이 있었음을 두말할 나위 없다. 개교 당시만 해도 트레머리에 쓰개치마를 쓰고 외출하던 소녀들은 머지않아 쓰개치마로부터의 자유를 외치며 여성 차별로부터의 해방의 길을 걷게 된다. 그러나 외형의 변화와 달리 자신의 고장 전주에 대한 긍지와 애착은 강했으며 그것은 자연스런 국가의식과 연결되었다. 1937년 7월 중일전쟁을 일으킨 일제는 노골화된 조선인 탄압의 한 고리로 궁성요배, 황국신민, 신사참배 등을 강요하기 시작했다. 이에 저항한 기전여학교는 1937년 10월 5일 일제가 강요한 신사참배를 거부하고 자진 폐교의 길을 걸었다. 그 뒤 1946년 11월 26일 일제의 패망으로 폐교된 지 만 9년 만에 인문과 4년제로 복교하였다.

　　전주 독립운동의 산실인 기전여학교는 현재 기전여자고등학교로 2005년 3월 21일 효자동 393번지에 신축교사를 짓고 이곳으로 이전하였다. 6명의 소녀로 시작한 기전여학교는 전국적인 만세운동이 벌어지던 1919년 3월 13일 김공순(1995년 대통령표창) 지사를 비롯, 최요한나(1999년 대통령표창), 김인애(2009년 대통령표창), 김신희(2010년 대통령표창), 함연춘(2010년 대통령표창) 지사와 당시 교사로서 이들을 길러낸 한국독립운동사에 커다란 발자취를 남긴 박현숙 지사 (1990년 애국장) 등 쟁쟁한 여성독립운동가를 배출했다.

상해 인성학교의 자애로운 교육가

김연실

빼앗긴 조국의 말을
이어가는 것은
겨레얼을 지켜 가는 것
그 길은
험난한 가시밭길이어라

어두운 골짜기에서
겨레의 꽃들이
헤쳐 나갈
밝은 등불을
마련해주기 위하여

흔들림 없는
곧디 고운 마음으로
어린천사 보듬은 인고의 시간

다 내려놓고
무궁화 동산에서
임이여
편히 쉬소서.

김연실 (金蓮實, 1898.1.16. ~ 모름) 애국지사

刑事判決原本

高等法院

被告人 金弘植
二十八年

同府將別里五十二番地
南山峴教會有司
被告人 朴賢淑
二十四年

同府大棗里百三十番地
私立幼稚園女教師
被告人 金蓮實
二十一年

同府陸路里三十四番地
私立學校女教師

▲ 사립유치원 교사 김연실 지사 판결문(고등법원형사부.1929.9.29.)

　김연실 지사는 평안북도 희천 출신으로 평양 대찰리 유치원 교사로 일하던 21살 때인 1919년 3월 평양 만세운동에 참여하였다. 평안남도 3·1운동사의 비극은 성천 읍내의 시위로부터 비롯된다. 3월 4일까지 예수교와 천도교의 연합시위가 지속되던 중 3월 4일 천도교도를 중심으로 한 시위대 천여 명이 헌병주재소로 몰려가 식민지 통치를 규탄하기 시작했다. 시위의 규모로 볼 때 그리 큰 규모는 아니었으나 이 시위는 성천 헌병분견소의 과잉진압으로 유혈 충돌이 벌어졌고 그 와중에 헌병 분대장이 중상을 입었다.

　이에 일제는 보복으로 시위대에 무차별 총격을 가함으로써 23명의 조선인이 거리에서 즉사했고 40여명이 중상을 입는 참상이 발생했다. 김연실 지사는 3월 평양 만세시위를 위해 자신의 집에서 태극기를 만들어 거리 시민들에게 나눠주었으며 평양시내에서 시위대들과 혈성가(血誠歌)를 부르며 만세시위를 이어갔다.

그러나 이 일로 잡혀 들어가 1919년 7월 21일 평양복심법원에서 이른바 보안법 위반 및 1919년 제령(制令) 제7호 위반으로 징역 6월을 선고받고 옥고를 치렀다. 그 뒤 김연실 지사는 상해로 망명하여 인성학교 교사로 재직하며 애국부인회에서 활동하였다.

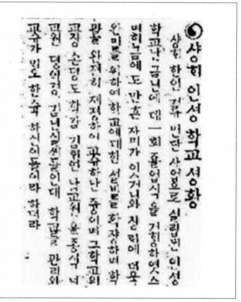

▲ 김연실 지사의 상해인성학교 교사 시절 기사(신한민보. 1920.5.28.)

"상해 한인거류 민단사업으로 설립된 인성학교는 금년에 제1회 졸업식을 거행하였으며 헌금도 많은 재미가 있거니와 장래에 더욱 완미를 위해 학교에 대한 설비를 확장하여 학관을 완전히 제정하여 교수하는 중이며 그 학교의 교장 손정도 학장, 학감 김해언, 남자교원 윤종식, 여자교원 정의경, 김연실 씨들인데 학교 관리와 교수가 매우 한숙하신 이들이라 하더라."

이는 〈신한민보〉 1920년 5월 28일치 기사로 김연실 지사가 상해인성학교 교사로 활동하고 있음을 알려주는 기사다. 그 뒤 김연실 지사는 미국으로 건너가 1924년부터 1936년까지 대한여자애국단 로스앤젤레스지부에서 서기, 재무, 총서기 등의 요직을 거치며 조국광복을 위해 헌신했다. 한편 1924년부터 1942년까지 상해임시정부에 여러 차례 독립운동자금을 지원하였다.

정부는 고인의 공훈을 기리어 2015년에 건국포장을 추서하였다.

🔍 더보기

동포 자녀들의 민족교육 요람 상해인성학교

일제의 조선침략으로 1910년 초부터 중국 상해에는 수많은 한국인들이 독립운동을 위해 몰려들었다. 이렇게 상해 거주 한국인들이 늘어나면서 자녀교육을 위한 학교 설립의 필요성이 생겼고 이에 인성학교가 문을 열게 되었다. 인성학교는 1916년 9월 1일 상해 공공조계 홍구지역(公共租界 虹口) 곤명로 재복리(昆明路 載福里) 75호에서 4명의 학생으로 시작하였다. 인성학교에서는 한인 자녀들의 일반적인 교육뿐 아니라 민족의식을 불어넣는 독립운동가 양성기관의 구실도 톡톡히 했다. 실제로 1921년 현재 프랑스조계의 한인 약 700명 가운데 200명 정도가 직업적인 독립운동가일 정도로 당시 상해에는 많은 독립운동가들이 조국의 독립을 위해 모여들었고 그러다 보니 자녀의 교육문제가 심각해졌다. 인성학교는 이러한 요구를 받아들여 설립한 학교다.

▲ 1925년 상해인성학교 졸업사진

　인성학교는 1916년 9월 1일 상해 공공조계에서 '상해한인기독교소학'라는 이름으로 문을 열었는데 처음에는 소학교로 출발하지만 그 목표는 상해뿐만 아니라 해외 한인들의 가장 완비된 모범 교육기관으로서 초등·중등·전문과정을 교육하는 종합학교를 지향했다. 인성학교의 교육목표나 내용은 민족교육을 통해 민족정신과 민족역량을 배양하고 자활능력을 양성하여 완전한 민주시민 육성과 신민주국가를 건설하는 데 있었으며 지덕체(德智體)를 바탕으로 한 건전한 육체와 인격을 갖춘 인재 양성을 중시하였다. '민족혼' 과 '독립정신' 교육은 무엇보다도 중요한 교육목표였다. 교과목은 한국의 역사와 지리 등이 중심이었으며 수업은 한국어로 하고 일본어는 절대로 사용하지 못하도록 금지시켰다. 교과서는 인성학교에서 직접 등사로 만들어 썼다.

인성학교의 교장을 비롯한 교원들은 대한민국임시정부와 관계 있는 독립운동가들로 구성되었으며 손정도, 선우혁, 여운형, 김태연, 김두봉 등이 교장을 맡으면서 자연스럽게 독립운동가를 키우는 학교로 자리매김 되어 나갔다. 1929년 8월, 당시 김두봉 교장은 상해를 방문한 한학자 이윤재와 대화를 나누었는데 이 자료에서 인성학교가 지향하는 목표를 어느 정도 파악할 수 있을 것으로 본다.

"내가 상해 부두에 내리기는 지난 8월 8일 하오 1시엇다. 마차를 타고 법계(法界)에 들어서 서울로 치면 종로와 가튼 하비로를 거치어 다시 맥새이체라로로 빠저 원창공사(元昌公司)를 차젓다. (중간 줄임) 학교가 창립된 지 10여년에 요만큼이라도 돼가는 것은 순전히 교민들의 힘이지요. 그리고 상해에 거류하는 우리나라 사람들이 천여 명이나 됩니다. 아이들만 해도 수백 명이 되는데 아이들을 중국 사람의 소학교에 보내면 중국의 교육을 밧게 됨으로 모국말을 다 이저버리고 중국말만 하게 됩니다. 어찌 조선 사람의 구실을 할 수 있습니까. 이러한 관계로 해서 더욱이 학교에 힘을 쓰지 아니 할 수 업게 됩니다"

상해인성학교는 1919년 대한민국임시정부가 수립되자 그 산하에 들어가, 학교 내에 보습과(補習科)를 설치해 소학교 졸업생 및 국내에서 유학 온 학생들에게 중국 상급학교에 입학하기 전 영어·

한문·산학 등을 교육시켰다. 1924년에는 보습과를 발전시켜 강습소로 바꾸었고 1932년에는 유치원과 야간부도 설치하였다. 1924년에는 학교교사 건축을 위해 상해교민단 학무위원회를 열어 학교 건축을 위한 성금모금 통지문을 국내외 인사들에게 발송, 건축비를 모금하여 1926년까지 사용하던 교사를 이전했으며, 1942년 다시 교사를 이전하였다. 학생 수는 1926년 현재 졸업생 100여명, 재학생 50명이었으며, 1945년 이후에도 존속했으나 점차 학생 수가 줄어 1975년 폐교되었다.

조선민족의 대동단결을 외친
김종진

조선은 영원한 독립국이며
세계의 영원한 평화국임을
선포하던 임의 쩌렁쩌렁한
목소리가 들려오는 듯하오

의친왕이 지키려한 조선은
임이 지키려한 조선
임이 지키려한 조선의 평화는
세계가 지키려한 평화

살벌한 감시 아래
대동단원의 의연함 속에서
유달리
샛별처럼 빛나던
임의 모습
당당하여라.

김종진 지사

김종진 (金鍾振, 1903.1.13. ~ 1962.3.11.) 애국지사

김종진 지사는 평안북도 강계 출신으로 숙명여자고등보통학교 2학년에 재학 중, 1919년 3월 1일 서울에서 만세운동이 일어나자 적극적으로 참여하여 독립만세를 불렀다. 이어 3월말에 대동단 (大同團)이 조직되자 이 단체에 가입하여 독립운동을 펼쳤다. 대동단은 전 조선민족의 대단결을 표방하고, 조선의 독립을 목적으로 조직된 단체이다. 대동단 결성을 주도한 전협·최익환 등은 1919년 10월 초순 대동단의 본부를 상해로 이전할 계획을 세우고 의친왕(義親王)의 상해 망명을 추진하였다.

김종진 지사는 의친왕 망명을 추진하던 단원들과 함께 제2의 3·1만세시위를 계획하였다. 거사를 준비하던 중 의친왕의 상해 망명계획이 일본 경찰에 들켜 1919년 11월 11일 만주 안동에서 의친왕 일행이 잡히고 말았다. 하지만 제2의 만세시위를 계획하던 김종진 지사 등은 동지들과 함께 만세운동을 강행하였다. 그리하여 1919년 11월 28일 김종진 지사를 비롯한 정규식·박정선·나창헌 등은 종로 안국동 경찰관 주재소 앞 광장에서 미리 준비해 온 태극기와 독립선언서를 뿌리고 독립만세를 외쳤다. 이 일로 잡혀 들어간 김종진 지사는 1920년 12월 7일 경성지방법원에서 이른바 정치범 처벌령 및 출판법, 보안법 위반으로 징역 6월에 집행유예 2년을 선고받았다.

정부는 고인의 공훈을 기리어 2001년에 건국훈장 애족장을 추서하였다.

1. 김종진 지사가 관여한 대동단(大同團)은 어떤 단체인가?

1. 조선 영원의 독립을 완성할 것
2. 세계 영원의 평화를 확보할 것
3. 사회의 자유 발전을 널리 실행할 것

이는 1919년 5월 20일에 작성한 대동단선언서의 3대 강령이다. 3·1만세운동의 열기가 채 가시기 전인 1919년 3월 말에 봉익동 전협(全協)의 집에서 '조선민족대동단' 이라는 이름의 독립단체가 결성되는 데 이를 대동단이라고도 불렀다.

▲ 대동단원 검거 기사(동아일보. 1920.6.20.)

단원은 귀족·관리·유학자·종교인·상공인·청년·학생·부녀자·의병 등 각계각층 11개 사회단체 대표자들로 구성되었으며, 비밀을 유지하기 위해 점조직으로 운영되었다. 이 단체는 경기·충청도·전라도·평안도·만주 안동현 등 각지에 지부를 설치하고 단원과 자금을 모집

하였다. 총재는 김가진, 군자금 등 재정은 전협, 선전 및 대외활동은
최익환 등이 맡았으며, 김찬규·박영효·민영달 등이 참가하였다. 선
언문·진정서·포고문 등을 인쇄, 배포하거나 〈대동신보(大同新報)〉
를 비밀리에 제작하여 일반인과 학생들에게 독립운동에 힘쓸 것을
호소하였다. 그러나 1919년 5월 23일 일본경찰에 들켜 문서 책임자
최익환, 인쇄 책임자 권태석, 자금조달 책임자 이능우, 노동자 배포
책임자 나경섭, 일본인 배포책임자 김영철 등이 잡히고 말았다.

대동단 활동 중 고종의 아들 의친왕 이강(李堈)을 상해로 탈출시
키려 기도한 사건은 유명하다. 대동단의 전협·정남용·김가진 등은
의친왕을 상해로 탈출시켜 임시정부에 참여하게 하여 외교적 효과
를 얻으려는 한편 의친왕과 김가진 등의 이름으로 제2차 독립선언
서를 발표하여 내외의 관심을 높여 독립운동에 불을 붙이고자 하
였다. 이를 위해 김가진이 먼저 상해로 건너갔고 의친왕은 상복(喪
服)으로 가장하여 중국 둥베이 지방 안둥(현 단둥)까지 갔으나 그곳
에서 일본경찰에 들켜 실패로 돌아갔다. 이 사건으로 전협과 최익
환 등 31명이 징역 6개월에서 8년까지의 실형을 선고받았다. 그 뒤
대한민국 임시정부의 나창헌 등이 독립대동단의 활동을 계승하여
정남용이 붙잡히기 전까지 각종 선언서·기관방략(機關方略)·포고
문 등을 등사하여 전국에 배포하면서 독립운동을 위해 뛰었다.

2. 3·1만세운동 때 붙잡혀 일제에 당한 여성들의 폭행은?

1919년 7월 샌프란시스코에서 출판된 언론인 켄달(C. W.
Kendal)의 『한국독립운동의 진상』(The Truth about Korea)에는
여성들이 3·1만세운동 때 당한 폭행을 다음과 같이 기록하였다.

"10살밖에 되지 않은 어린 소녀들과 아녀자들, 그리고 여학생들

이 자기의 조국을 위해 정열을 발산하고 독립을 외쳤다는 단순한 죄목으로 치욕적인 대우를 받았고 체형(體刑)을 받았으며, 또 고문을 당했다. 어린 소녀들이 고꾸라지고 잔혹하게 얻어맞았다. (중간 줄임) 트윙 목사의 증언에 따르면, 20여 명의 여학생들이 조용히 거리를 걷고 있었는데 총을 맞지는 않았지만 갑자기 일본군이 덮치더니 그들의 총으로 야만스럽게 구타하여 고꾸라뜨리고는 모욕적으로 그들을 대했다고 한다. (중간 줄임) 어린 소녀들은 머리채를 휘어 잡혀 집에서 끌려 나와 전신주에 묶인 채로 대중이 보는 앞에서 매를 맞았다. 아낙네들은 폭행을 당하고 비인도적인 악형을 겪었다."

박은식의 『한국독립운동지혈사』에 따르면, 평양에서 체포·수감된 여학생에게 일제는 달군 쇠꼬챙이로 음문을 지지며 사내가 몇이냐고 묻는 등 갖은 악형과 폭언 등으로 욕을 보였다. 또한 수감되었다가 석방된 사람의 증언에 따르면, 감옥에서 일본인들이 한국여성들에게 통상적으로 행한 만행은 다음과 같다.

① 여성들을 끈으로 머리채를 묶어 천정에 매달아 놓고, 엄지발가락이 겨우 땅에 닿을 듯 말듯하게 하였다.
② 여성들을 날마다 한 차례씩 감옥 마당에 벌거벗긴 채로 세워놓고 헌병들이 한 시간씩 혹독한 매질을 하였다.
③ 한인 여성이 수감되면 반드시 발가벗기고 심문을 하는데, 여학생이 판결을 받을 때에는 틀림없이 이미 강간·폭행을 당한 후였다.
④ 경찰서에 잡혀온 여학생에게는 일본순사가 먼저 강간을 하고 나서 '네가 처녀냐? 정녀(貞女)냐?' 라고 묻고, 대답이 없으면 갑자기 주먹으로 여자의 배를 때렸다.
⑤ 여성을 알몸으로 두세 시간 거울 앞에 세워놓고 조금이라도 몸을 굽히면 심하게 때렸다.
⑥ 여성의 옷을 다 벗겨 반듯이 눕히고 겨드랑이 털과 음모를 뽑기

도 하고, 고약을 녹여 여자 음부에 붙였다가 식어 굳어지면 이를 갑자기 잡아떼어 그 음모가 모두 빠지도록 하였다.

또한 1919년 3월 하순에 출옥한 31명의 서울 여학생들은 다음과 같이 증언하였다.

"처음 수감되어서는 무수하게 매를 맞고, 그 후에는 발가벗겨져 알몸으로 손발이 묶인 채 마굿간에 버려졌다. 밤은 길고 날씨는 혹독한데 지푸라기 하나도 몸에 걸치지 못했다. 왜놈들은 예쁜 여학생 몇 명을 몰래 잡아가서 윤간하고는 새벽에 다시 끌고 왔다. 눈은 복숭아같이 퉁퉁 붓고 사지는 옭아 맨 흔적이 남아 있었다. 신문할 때에는 십자가를 늘어놓고 말하기를 '너희들은 신자이므로 마땅히 십자가의 고난을 받아야 한다.' 고 하였다.

한편, 1920년에 간행된 신문기자 멕켄지 책이 인용된 『여성독립운동사 자료총서』〈3·1운동 편〉 '3·1운동 참여 여성들에게 가해진 폭력' 에는 다음과 같은 참상도 적혀있다.

"대부분의 경찰서에서는 시위에 조금이라도 가담했으면, 여학생과 젊은 부녀자들의 옷을 벗기고 때리고 완전히 알몸으로 만들어 될수 있는 대로 많은 일본 남자들 앞에 노출시키는 것이 예사였다. 한국 여자들은 자기의 몸을 남에게 보이기를 싫어하는데, 일본인들은 이것을 알고 이런 방법으로 욕보이기를 좋아했다. (중간 줄임) 서대문 밖에 있는 감옥은 전형적인 일본식 감옥이었다. 여기에는 여자 간수도 있었다. 남자들 앞에서 옷을 벗고, 그들의 검사를 받는다는 것은 여학생으로서 죽기보다 싫은 것 같았다. 아마 그들은 감옥의 의사였을 것이다. 그러나 그들이 이들에게 되도록 많은 수치를 주려고 한 것은 틀림없는 사실이다. (뒷줄임)"

붉은 피 흘리는 동포를 치료한
김효순

대한독립만세!
기미년 종묘 앞서 터진 함성
절규하던 남녀노소

일제 만행의 총칼에
하나 둘 쓰러져
붉은 피 흘리던 동포에게

자애로운 손 내밀어
다친 상처 어루만지며
시린 영혼 보듬어준

임은
진정한 백의천사였어라.

김효순 지사

김효순 (金孝順 1902.7.23. ~ 모름) 애국지사

김효순 지사는 세브란스병원 간호사로 재직 중이던 1919년 12월 2일 종묘 앞에서 만세운동이 있다는 소식을 듣고, 동료 간호사 노순경 등과 함께 참여하였다. 이날 저녁 7시 무렵 김효순 지사는 붉은 글씨로 '조선독립만세' 라고 쓴 깃발을 흔들며 시위군중 20여 명과 함께 독립만세를 불렀다. 이 일로 일경에 잡혀 1919년 12월 18일 경성지방법원에서 이른바 보안법 위반으로 징역 6월을 선고받고 서대문형무소에서 옥고를 치렀다.

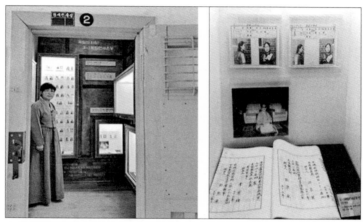

▲ 서대문형무소역사박물관 여옥사 2번방에는 간호사 출신의 김효순 지사와 노순경 지사에 대한 기록이 전시되어 있다. (오른쪽 사진은 글쓴이가 서 있는 앞 벽면 확대사진)

정신여학교 출신으로 간호사가 되어 독립운동을 한 이들은 김효순 지사와 함께 노순경, 이정숙, 박덕혜, 이도신, 박옥신, 윤진수, 이성완, 이아주, 장윤희 등이다. 이들은 정신여학교 선후배이면서 세브란스 병원의 간호사로 3·1만세운동에 참여했다.

▲ 김효순 지사의 판결문 (경성지방법원.1919.12.18.)

김효순 지사는 이후 1929년 근우회(勤友會) 재령지회 집행위원장으로 활약하였다. 근우회는 1927년, 여성의 지위향상을 위한 사회적·법률적 일체 차별 철폐, 봉건적 민습과 미신타파, 조혼폐지 및 혼인의 자유, 부인노동의 임금차별 철폐 등을 해소하기 위해 창립된 단체이다. 근우회는 민족연합전선으로 조직된 신간회의 자매단체이며, 여러 여성 단체를 통합하여 조직된 국내 최대 여성단체였다.

정부는 고인의 공훈을 기리어 2015년에 대통령표창을 추서하였다.

정신여학교 출신의 여성독립운동가는?

▲ 정신여학교 출신의 김마리아 지사. 마르타윌슨여자신학원 재직시절(1932 ~ 1941), 앞줄 왼쪽 첫째

　여성 항일독립운동의 산실인 정신여학교(현, 정신여자고등학교)는 1887년 6월 여의사이자 미국 북장로교 선교사인 엘러스(A. J. Ellers)가 여성계몽을 목적으로 서울 중구 정동에 있던 제중원 사택에서 설립한 정동여학당(貞洞女學堂)으로부터 시작된다. 처음에는 5살 여자어린이 1명으로 시작한 정동여학당은 5년 동안 52명으로 늘어났으며 1907년 제1회 졸업생 11명을 배출하였고, 1909년 정신여학교로 정식인가 되었다.

　정신여학교는 일제강점기에 교육령을 거부하는 등 투철한 항일

정신으로 무장하였으며 이러한 교육을 받은 졸업생들이 주역이 돼 비밀 항일단체인 대한민국애국부인회를 결성하여 독립운동에 뛰어들었다.

정신여학교 출신으로 독립유공자 서훈을 받은 분은 대한민국애국부인회 출신의 이혜경(1회.1990. 애족장), 김마리아(4회.1962. 독립장), 김영순(8회. 1990.애족장), 유인경(5회.1990.애족장), 김영순(8회.1990. 애족장), 신의경(10회.1990.애족장), 이정숙(11회.1990.애족장), 김효순(13회.2015.대통령표창), 방순희(15회.1963.독립장) 지사 등이 있다.

중국인으로 조선의 독립을 외친
두쥔훼이

죽음보다 견디기 어려운
겨레의 굴욕 속에
국권회복을 갈망하던 조선인
친구 되어

중국인의 몸으로
함께 찾아 나선 광명의 길

임의 조국은 조선이요
임의 몸도 조선인이라

빛 찾은 겨레의
동무들이여

그 이름 석 자
천추에 새겨주소서.

두쥔훼이 지사

두쥔훼이 (杜君慧, 1904 ～ 1981) 애국지사

"나는 늘 조선부녀들의 일을 나의 일로 생각하고, 어떻게 하여야 우리 조선 부녀 동포들이 전민족의 해방을 위하여 공헌할 수 있을 것인가를 늘 생각하고 있다" 면서 중국인으로 조선의 독립운동에 힘쓴 이가 두쥔훼이 지사다. 이 이야기는 자신을 조선의 딸로 여기며 조선의 독립을 위해 뛰던 두쥔훼이 지사가 미주에서 발행되는 잡지『독립』(1945.7.11.)에 기고한 논설문 가운데 일부다.

중국 현대사에서 여성 엘리트로 혁명가로 더 나아가 중국 부녀자운동 이론연구의 선구자로 평가받고 있는 두쥔훼이 지사는 중국 광주 중산대학을 나온 수재로 주은래 선생의 중매로 대한민국 임시정부 국무위원을 역임한 운암 김성숙 지사를 만나 1929년 상해에서 혼인한 부부 독립운동가다.

▲ 운암 김성숙 선생과 두쥔훼이 부부(뒷줄 가운데) 앞줄 차남 두건, 장남 두감, 여아는 뒷줄 오른쪽 임시정부 선전위원 박건웅 선생의 딸 (운암 김성숙선생기념사업회 사진 제공)

▲ 황순택 주광저우총영사(왼쪽)와 두쥔훼이 지사 후손, (2016.11.17. 주광저우총영사관 사진 제공)

두쥔훼이 지사는 1935년 상해여자부녀계구국회(손문의 부인 송경령 여사 조직)의 서기 및 조직부장으로서 전국 각계 구국연합회 이사를 역임하였다. 또한 부녀자와 아동들을 대상으로 한 항일구국운동의 교육활동을 펼치며, 여성 계몽활동과 교육문화에 힘을 쏟았다. 1945년 두쥔훼이 지사는 중국공산당의 고위직 제의를 사양하고, 반평생을 건국 인재를 양성하는데 온 힘을 쏟았다. 슬하에 3남을 두었으며 두건, 두련은 재외항일지사의 후손으로 각각 북경대 중앙미술학원 유화학부 부학장과 국가발전개혁위원회 정보센터 고문으로 활약하고 있다. 두쥔훼이 지사는 1943년 2월부터 1945년 9월까지 중국 중경에서 대한민국임시정부 외무부 요원, 1945년 5월 한국구제총회 이사로 활약했다.

정부는 고인의 공훈을 기리어 2016년에 건국훈장 애족장을 추서하였다.

1. 남편 운암 김성숙 지사도 독립운동가

운암 김성숙(金星淑, 1898.3.10. ~ 1969.4.12.) 지사는 평안북도 철산 출신으로 어릴 때 이름은 성암(星巖), 호는 운암(雲巖). 성숙(星淑)은 법명이다. 19살 때 용문사에서 출가해 3·1만세운동에 참여했으며, 25살 때 승려 신분으로 중국 북경에 유학한 뒤 중국 각지를 돌며 본격적인 항일투쟁을 폈다. 1919년 손병희·한용운 등의 지도를 받고 3·1만세운동에 참여하였다가 일본경찰에 잡혀 서대문감옥에서 2년간 옥고를 치렀다. 1922년 승려의 신분으로 사회주의사상단체인 조선무산자동맹과 조선노동공제회에 가담하여 활동하였다.

▲ 운암 김성숙 지사

1923년 일본경찰의 탄압이 심해지자 중국으로 건너가 북경 민국대학(民國大學)에서 공부하는 한편, 고려유학생회를 조직하여 회장으로 일했으며 신채호·유우근 등의 추천으로 조선의열단(朝

鮮義烈團)에 가담하였다. 1936년에는 중국 각지의 동지들을 모아 조선민족해방동맹을 조직하였으며, 이듬해 중일전쟁이 일어나자 조선민족해방동맹·조선혁명자동맹·조선민족혁명당 등 3개 단체를 통합하여 조선민족전선연맹을 조직하였다. 1938년 후베이성 한커우(漢口)로 이동하여 김원봉과 함께 조선의용대를 조직하고 지도위원 겸 정치부장이 되었다.

1942년 대한민국임시정부를 중심으로 단결을 강화하기 위해 민족전선연맹을 해체하였으며, 이 때 임시정부 국무위원으로 취임하였다. 1945년 광복을 맞아 임시정부 국무위원들과 함께 개인자격으로 그 해 12월 제2진으로 환국하였다. 해방이후 이승만 정권과 5·16 군사정권에 반대하는 혁신정당의 지도자로 활동했다.

〈김성숙 지사 공적〉
○ 1919년 3월 독립선언서를 배포하려다 잡혀 서대문형무소에서 옥고
○ 1920년 무산자동맹, 노동공제회 참여
○ 1923년 중국에서 "조선의열단"에 가입
○ 1928년 "재중국조선청년총연맹" 조직
○ 1937년 "조선민족전선연맹" 결성, 선전부장으로 활동
○ 1942년 임시정부 내무차장 취임
○ 1944년 임시의정원 국무위원으로 뽑힘
○ 1947년 근로인민당(여운형) 결성에 참여
○ 1960년 사회 대중당을 창당 총무위원회 위원 뽑힘
○ 1962년 통일사회당 발기, 대표위원으로 추대
○ 1966년 신한당 발기인으로 참여, 정무위원으로 활약
○ 1967년 신민당 창당, 운영위원으로 활약

정부에서는 고인의 공훈을 기리어 1982년에 건국훈장 독립장을 추서하였으며 국가보훈처에서는 김성숙 지사를 2008년 4월, 이 달의 독립운동가로 뽑아 그 업적을 기렸다.

2. 여성독립운동가 서훈을 받은 외국인 여성들

1) 두쥔훼이(杜君慧, 1904 ~ 1981) / 2016 애족장

두쥔훼이 지사는 중국인으로 1943년 2월 3일 ~ 3월 30일까지 중국 중경에서 대한민국임시정부 외무부 부원, 같은 해 3월 30일 ~ 9월 28일까지 외무부 과원, 1945년 5월 한국구제총회 이사로 활동하였다. 또한 1945년 7월 잡지 『독립』에 한중연합의 한국독립운동가후원회를 조직하여 독립운동가를 적극 후원해야 한다는 글 등을 실었다. 남편 운암 김성숙(1982. 독립장)도 독립운동가다.

2) 송정헌(宋靜軒, 1919.1.28. ~ 2010.3.22.) / 1990년 애족장

송정헌 지사는 중국인으로 1938년 중국 유주(柳州)에서 한국광복진선청년공작대(韓國光復陣線靑年工作隊)가 조직되자 대원으로 입대하여 적의 후방공작을 하며 첩보원으로 활동하였다. 1940년 6월 17일 한국혁명여성동맹(韓國革命女性同盟) 창립요원으로 동맹의 발전을 위하여 활동하였으며, 1944년 한국독립당(韓國獨立黨)의 일원으로 1945년 광복될 때까지 활동하였다. 남편 유평파(1990.애국장), 시숙 (유진동 2007.애족장) 또한 독립운동가다.

3) 이숙진(李淑珍, 1900.9.24.~ 모름) / 2017 애족장

　이숙진 지사는 중국인으로 1939년 중국 기강에서 한국국민당 당원, 1940년 6월 중경에서 한국혁명여성동맹 창립에 참여하고, 1944년 3월 중경에서 한국독립당 당원으로 활동하였다. 남편 조성환 (1962. 독립장)지사는 대한민국임시정부 국무위원을 지낸 독립운동가다.

4) 미네르바 루이즈 구타펠(Minerva Louise Guthapfel, 1873~1942) / 2015 건국포장

　미네르바 루이즈 구타펠 지사는 미국인으로 1903년 미국 감리교 해외 여선교사회 소속 선교사로 한국에 건너와 전도활동을 하다 미국으로 돌아간 뒤 1919 ~ 1920년 미국 시카고에서 한국친우회 서기로 활동하며 미국의회와 정부에 한국 독립 문제를 청원하고 친한(親韓) 여론 형성을 위해 순회 강연활동 등을 하였다.

조국 수호의 화신 영원한 광복군

민영주

서안시 장안현 두곡마을
붉은 기둥 정자각 속
검은 돌 비석에 새겨진
피 끓던
민족정기의 표상

조선을 집어 삼킨
원흉을 몰아내려
피의 항쟁도
두려워하지 않던 붉은 마음

생명보다 강한
자유에의 갈망
조국 수호의 꽃으로
활짝 피었네.

* 두곡마을 : 두곡진(杜曲鎭)은 광복군 제2지대가
   있던 곳으로 중국 섬서성 서안시 장안현에 있다.
   2014년 5월 29일 이곳에 '광복군 제2지대
   표지석' 이 세워졌다.

민영주 지사

민영주 (閔泳珠, 1923. 8. 15. ~ 생존) 애국지사

"일제강점기를 거쳐 광복이 되었지만 폐허 더미 위에서 경제발전을 이만큼 이룩한 밑바탕에는 여성들의 힘이 컸다고 봅니다. 특히 나라를 잃고 떠돌이 생활을 하던 시절, 국내외에서 활약한 여성독립운동가들의 숨은 공로를 잊어서는 안 될 것입니다. 저희 집안만 보더라도 중국 중경에서 한국혁명여성동맹 창립에 기여한 할머니 이헌경(2017. 애족장) 지사, 광복군 출신의 누님 민영주(1990.애국장) 지사, 사촌누님 민영숙(1990. 애국장) 지사가 서훈을 받았습니다. 또한 올해 서훈을 받은 어머니 신창희(다른이름 신명호, 2018. 건국포장) 지사까지 합하면 여성독립운동가만 네 분이 계십니다. 그러나 어머니의 경우 1921년 중국 상해에서부터 대한민국임시정부를 적극 지원하고 해방 때까지 중경에서 한국독립당 당원으로 활동하는 등 장기간에 걸쳐 독립운동의 초석을 쌓은 분인데 딸(민영주 지사) 보다 훈격이 낮은 서훈자로 그것도 올해서야 서훈 소식을 듣고 씁쓸했습니다."

이는 민영주 지사의 이야기를 듣기 위해 2018년 12월 18일, 인사동에서 만난 민영주 지사의 남동생인 민영백 ((주) 민설계 회장) 선생이 한 말이다. 이날 글쓴이는 민영백 선생과 함께 민영주 지사와 친자매처럼 지냈던 사촌언니 민영숙 (1990. 애국장) 지사의 아드님인 권영혁 선생(광복회 대의원)도 함께 만났다. 민영백 선생의 사무실에서 오전 10시 반에 만나 점심시간을 훌쩍 넘길 때까지 우리는 민영주, 민영숙 지사와 일가족의 독립운동사 이야기에 시간 가는 줄 몰랐다.

"아버지(민필호 지사)와 민영숙 사촌누님의 아버지 민제호 지사는 형제간으로 민제호 지사가 형입니다. 큰아버지(민제호, 1990.

애국장) 가족만 해도 광복군 출신 큰아들 민영구(1963. 독립장),
작은아들 민영완 (1990. 애국장), 딸 민영숙 (1990. 애국장) 지사
가 서훈을 받았습니다. 우리 집은 아버지(민필호, 1963. 독립장),
민영수(1990. 애국장) 형님, 민영주(1990. 애국장) 누님이 서훈자
입니다. 그런가하면 외가의 경우 외할아버지인 신규식(1962. 대
통령장), 매형(김준엽, 1990. 애국장) 까지 합쳐 모두 열 분이 서훈
을 받으셨습니다." 민영백 선생의 이야기는 끝없이 이어졌다.

▲ 엄항섭·연미당 지사 결혼식(1927) 앞 줄 왼쪽에서 두 번째 어린이가 민영주 지사, 하나 건너
꽃바구니를 든 어린이가 민영숙 지사, 맨 뒷줄 오른쪽이 민영주 지사의 할머니 이헌경
지사, 그 앞이 민영주 지사 어머니 신창희(신명호)지사, 신랑신부 바로 뒤는 김구 주석이며,
둘째줄 오른쪽 끝 인물은 이시영 선생이다. 〈대한민국임시정부기념사업회 제공〉

   두 살 터울인 민영주 지사는 사촌언니인 민영숙 지사와 나란히
광복군에 함께 지원하여 당당한 여자광복군으로 활약하였다. 대

한민국임시정부는 대일항쟁을 위한 준비로 1940년 9월 17일 중경에서 한국광복군 총사령부를 창설하였다. 광복군은 창설 직후 총사령부와 3개지대를 편성하였으며 총사령부는 총사령 지청천, 참모장 이범석을 중심으로 구성되었고, 제1지대장 이준식, 제2지대장 공진원, 제3지대장 김학규 등이 임명되어 단위 부대 편제를 갖추었다. 총사령부는 약 30여명 내외의 인원으로 구성되었으며 초기 여자광복군으로 지원한 사람은 민영주, 민영숙, 오광심, 김정숙, 지복영, 조순옥, 신순호 등이었다. 여자광복군들은 주로 사령부의 비서 사무 및 선전 사업 분야에서 활동하였다.

민영주 지사는 1940년 9월 17일 한국광복군 총사령부가 창설되었을 때 광복군에 입대하였다. 1942년 1월에는 임시정부 내무부 부원으로 파견되어 근무하였으며, 중경방송국을 통한 심리작전 요원으로 활동하였다. 1944년에는 한국독립당에 가입하였으며, 임시정부 주석판공실 서기로 일하였고, 1945년 4월에 광복군 제2지대에 편입되어 복무하였다. 대한민국임시의정원 문서에 따르면 1945년 4월 당시 광복군의 총 병력 수는 339명이었으며, 같은 해 8월에는 700여 명으로 성장하였다. 광복군 가운데 2018년 3월 현재, 정부로부터 독립유공자로 서훈을 받은 분은 남성이 567명이고 여성은 민영주 지사와 사촌언니인 민영숙 지사를 포함하여 31명이다.

"민영숙 사촌누님은 매우 영특하셨습니다. 민영주 누님과는 늘 학교도 함께 다니고 광복군에도 함께 입대하는 등 친자매처럼 단짝이셨습니다. 한번은 중경에서 기숙사 건물이 무너져 내려 민영숙 누님이 건물 잔해에 깔려 죽을 뻔한 적이 있었습니다. 그때 민영주 누님은 현장에 있지 않아 무사했지만 민영숙 누님은 그 일로 몸이 한동안 안 좋으셨습니다. 조국이 광복을 맞아 중국에서 환국

하신 뒤에도 두 분은 친자매처럼 지내셨습니다. 저는 누님들이 중국에서 활동하신 이야기를 늘 들으며 자랐습니다."

▲ 글쓴이(오른쪽)는 사촌간이면서 친자매처럼 지낸 민영숙, 민영주 지사의 아드님 권영혁 선생(왼쪽)과 민영주 지사의 남동생인 민영백(가운데) 선생과 대담을 나눴다.(2018.12.18.)

   민영백 선생은 민영숙 지사와 민영주 지사가 친자매처럼 지냈던 것은 민영숙 지사가 조실부모하여 민영주 지사 집에서 자라난 까닭도 있었지만 집안의 어른이신 이헌경 할머니의 엄하면서도 자상한 보살핌 덕이라고 했다. 이헌경 지사의 두 아드님인 민제호, 민필호 형제의 독립운동은 두 집안의 자손들까지 본받아 두 집안에서 배출한 독립운동가가 모두 10명에 이른다는 사실만 보아도 이 일가의 우애와 나라사랑을 엿볼 수 있다. 임시정부의 비서실장을 지낸 독립운동가 민필호 지사와 신규식 선생의 외동딸인 신창희(신명호) 지사의 큰딸이자 전 고려대 총장인 김준엽 선생의 부인인 민영주 지사는 올해 96살로 생존해 계신다. 민영주 지사를 포함하여 생존해 계시는 애국지사는 광복군 출신인 유순희(93살) 지사, 오희옥 (93살) 지사가 계시지만 모두 건강상태가 좋지 않아 요양 중이시다. 민영주 지사는 1990년에 건국훈장 애국장(1977년 건국포장)을 수여받았다.

🔍 **더보기**

1. 민영주 지사의 아버지 민필호, 어머니 신창희(신명호) 지사

민필호(1898.2.27. ~ 1963.4.14.) 지사는 1910년 7월 서울 휘문의숙을 졸업하고 1911년 중국 상해로 망명한 뒤 신규식 선생이 경영하던 박달학원에 들어가 중국어와 영어를 익혔다. 그 뒤 체신학교(遞信學校) 등을 졸업하고, 신규식 선생이 조직한 동제사(同濟社)에 가입하여 독립운동을 펼치는 한편 대종교(大宗敎)에 입교하여 민족운동을 일으켰다.

1921년 10월 대한민국 임시정부의 국무총리 대리이며 외무, 법무 총장인 신규식 특사의 수행비서로서 광동 중국호법정부를 공식 예방하고 임시정부의 국제적 승인을 정식으로 요청하였다. 이러한 노력으로 중국정부는 대한민국임시정부를 승인하기에 이르렀던 것이다. 그 뒤 1923년 10월부터 1936년 4월까지 13년여 동안 민필호 지사는 임시정부의 재무총장을 역임한 이시영 선생의 비서로 재정의 실질적인 책임을 맡아 임시정부의 경상비 조달 등 어려운 문제를 해결하였다.

▲ 민영주 지사의 부모님인 민필호 신창희(신명호)지사는 부부 독립운동가다.(1932.6.)

1939년 5월에는 대한민국임시정부 주석 김구의 판공실장(辦公室長) 겸 외무차장에 임명되었으며 임시의정원의 의원으로 활약하였다. 한편 임시정부의 기관지였던 상해판 〈독립신문〉을 새로이 복간 발행하여 중경판 〈독립신문〉 시대를 열어 놓았다. 해방 후에도 계속 중국에 머무르면서 임시정부 요인의 귀국을 주선하였고, 임시정부 주화대표단(駐華代表團)의 부단장·단장 서리를 지내며 동포의 교육과 보호에 힘썼다. 1948년 국민정부(國民政府)와 함께 타이완에 건너갔다가 1956년에 귀국했다. (1963. 건국훈장 독립장)

한편, 민필호 지사의 부인인 신창희(1906 ~ 1990) 지사는 2018년 건국포장을 추서받았다. 신규식 선생의 따님으로 1921년 무렵

부터 중국 상해에서 대한민국임시정부 활동을 지원하고, 1943년 부터 해방 때까지 중경에서 한국독립당 당원으로 활동하였다.

2. 민영주 지사 남편 김준엽도 독립운동가

김준엽(金俊燁, 1920.8.26. ~ 2011.6.7.) 지사는 일제침략기에 당시 일본군 학도병에 징집되었다가 탈출하여 광복군으로 활동하였으며, 해방 이후 고려대학교에서 조교수와 교수를 거쳐 1982년 고려대 총장을 역임하였다. 그러나 총장 재직시절 전두환 군부독재정권과 대립하다 1985년 강제로 쫓겨났다.

▲ 김준엽 전 고려대 총장(가운데)이 광복군 동지인
장준하(오른쪽), 노능서(왼쪽)와 함께 광복 직후인
1945년 8월 20일 중국 산둥성에서 찍은 사진

하루는 학교 서무과에 노인 한 분이 방문해 "실례합니다"라고 인사하며 서무과 직원에게 뭘 부탁하려고 했다. 서무과 여직원이 달갑잖은 표정을 지으며 "죄송하지만 지금 신임 김준엽 총장 취임식이 있어 저희가 정신이 없어요"라고 응답했다. 그 때 그 노인이 "그러시군요, 제가 그 김준엽입니다"라고 대답하는 통에 학교가 발칵 뒤집혔다는 이 일화는 김준엽 지사의 고려대학교 총장 취임 때 이야기다.

김준엽 지사는 1944년 동경 게이오대학(慶應大學) 동양사학과 2학년 재학 중에 학도병에 징집되어 평양사단을 거쳐 1944년 2월 16일 중국 서주지역의 일본 쓰카다(塚田)부대에 배치되었다. 이곳에서 기초훈련을 받고 근방의 경비중대에 배치된 김준엽 지사는 1944년 3월 하순 부대를 탈출하여 중국 중앙군 소속 유격대에 배치되었다.

뒤이어 탈출해 온 장준하·윤경빈 등과 1944년 6월 중국유격대를 떠나 중경 대한민국임시정부를 향해 출발하여 임천(臨泉)에 도착한 뒤 광복군 모집위원회에 의해 입대, 한광반(韓光班)에 입교하였다. 한광반 1기를 졸업한 뒤 장준하·신현 등 30여 명과 함께 중경 대한민국임시정부에 도착하게 되자, 1945년 2월 5일에 한중문화협회 주최로 학병탈출 35명의 한국청년환영대회가 성대하게 거행되었다. 이어서 김준엽 지사는 광복군 제2지대에 편입되었으며, 1945년 8월초에는 OSS훈련 정보파괴반을 수료하고 광복군 국내 정진군 강원도반 반장에 임명되어 국내진입의 날을 기다리던 중 광복을 맞이하였다.

정부에서는 그의 공훈을 기리어 1990년에 건국훈장 애국장 (1980년 건국포장)을 수여하였다.

3. 민영주 지사 오라버니 민영수 지사

독립운동가 부모님 밑에서 일찍이 나라의 운명과 독립정신을 이어받은 민영수 (1921.6.21. ~ 2011.12.5.) 지사는 상해에서 태어나 그곳에서 교육을 받으면서 독립운동단체에 가담하여 활동하였다. 1940년 9월 17일 광복군이 창설되자 중국중앙육군군관학교에 입교, 18기로 졸업한 뒤 총사령부에 근무하다가 1945년에 광복군 제2지대에 파견되어 총무조원으로 근무하였다. 광복군 제2지대는 1945년 5월부터 한미합작특수훈련인 OSS훈련을 시작하였는데 이 훈련은 광복군의 정예대원에게 3개월간 특수작전에 필요한 정보 파괴, 무전공작에 관한 교육을 실시하는 것이었다.

당시 우리 광복군의 목표는 OSS훈련이 끝나는 즉시 연합군과 공동작전으로 잠수함 또는 비행기로 국내에 침투하여 일본군의 군사시설을 탐지하고 연합군 항공기의 공격을 유도하는 데 있었다. 이를 위해 현지 주민들을 포섭하여 거점을 구축하며 애국청년을 모아, 왜적의 주요시설을 파괴하면서 미군의 상륙과 때를 맞춰 국내에서 궐기하여 우리 힘으로 일본군을 전멸시키는 게 목표였다. 총사령부는 특수훈련이 거의 끝나 가는 8월초 국내 진입작전을 위한 부대 편성에 착수하였고 8월말에 작전을 개시하기로 결정하였다. 이때 민영수 지사는 총지휘관인 이범석의 지휘 아래 이재현·김석동·이윤장 등과 함께 본부요원이 되어 OSS훈련에 참가하였다.

정부에서는 그의 공훈을 기리기 위하여 1990년에 건국훈장 애국장(1977년 건국포장)을 수여하였다.

4. 민영주 지사 외할아버지 신규식 선생

'마음이 죽어버린 것보다 더 큰 슬픔이 없고, 망국(亡國)의 원인

은 이 마음이 죽은 탓이다.(가운데 줄임) 우리의 마음이 곧 대한의 혼이다. 다 함께 대한의 혼을 보배로 여겨 소멸되지 않게 하여 먼저 각자 자기의 마음을 구해 죽지 않도록 할 것이다.'

– 신규식 선생의 '한국혼' 가운데 –

▲ 예관 신규식 선생

예관(睨觀) 신규식(申圭植, 1880 ~ 1922) 선생은 이헌경 지사와는 사돈 관계이다. 신규식 선생의 따님인 신명호 양과 이헌경 지사의 아드님인 민필호 군은 상해에서 결혼식을 올려 두 집안이 사돈을 맺었다. 신규식 선생은 중국에서 대한민국임시정부가 독립운동을 계속할 수 있도록 외교적으로 노력한 주역이며, 상해에서 박달학원 경영 등을 통해 국력배양과 민중계몽 등 민족의 자립을 위한 일에 온 힘을 쏟았다.

신규식 선생은 고국에서 한어학교(漢語學校)와 육군무관학교를 졸업한 뒤, 육군 참위(參尉)로 근무하였는데 1905년 일제가 을사늑약을 강제로 맺자 지방군대에 연락하여 의병을 일으켜서 대일

항전을 꾀하려다 기밀이 누설되어 실패하였다. 이에 비분한 마음을 참지 못하여 음독순절(飮毒殉節)을 하려 했으나 가족에게 발견되어 목숨을 건졌다. 그러나 이때 오른쪽 시신경이 망가져 애꾸눈이 되자, 흘겨본다는 뜻으로서 호를 예관(睨觀)이라 불렀다.

1911년 11월에 중국으로 망명하여 망명 동지들과 함께 동제사(同濟社)를 조직하였는데, 본국을 탈출하여 나오는 애국지사들이 많아짐에 따라 동제사의 조직도 점점 기반이 튼튼해졌다. 동제사는 '동제(同濟)'의 의미가 말하듯이 동포들이 모두 한 마음 한 뜻으로 같은 배를 타고 피안(彼岸)에 도달하자는 뜻이다. 여기에는 침략자 일본의 세력을 몰아내고 조국 강산을 되찾자는 깊은 뜻이 담겨있다. 그런 의미에서 동제사는 곧 독립운동 단체요, 또한 상해를 중심으로 한 중국 관내 지역에 있는 우리 동포들의 상부상조의 기관이기도 하였다.

한편 신규식 선생은 동포들의 교육을 맡을 박달학원을 세우는 등 조국의 독립운동을 위한 기반을 닦는데 힘썼다. 또한 1919년 여운형·선우혁 등과 함께 대한민국임시정부 수립에 참여했으며, 임시정부가 수립되자 법무총장에 임명되었다. 1922년 3월에는 신규식 내각의 시정방침을 발표한 바 있으며, 그의 내각이 성취한 대표적인 공로로는 태평양회의에 대한 외교수행 및 중국 호법정부와의 외교 협조를 손꼽을 수 있다. 그러나 1922년 9월 25일에 과로로 상해에서 43세를 일기로 숨졌다.

정부에서는 고인의 공훈을 기리어 1962년에 건국훈장 대통령장을 추서하였다.

* 민영주 지사의 사촌언니 민영숙 지사 집안의 독립운동 이야기는 《서간도에 들꽃 피다》 10권에 실음

최후의 광복군이 되고자 맹세한
박기은

첩첩한 산악이 앞을 가리고
망망한 대양이 길을 막아도
무엇이 굴할소냐 주저할소냐
나가자 광복군 제3지대
......

힘찬 군가 수없이 부르며
피 끓는 젊음을 불태웠을 여자 광복군

일제의 총칼에 맞서
최후의 광복군 되고자
굳은 혈서 마음에 새겼을
여자 광복군

임이 부른 힘찬 군가
조국 광복의 불씨 되어
활활 타올랐어라.

박기은 지사

박기은 (朴基恩, 1925.6.15. ~ 2017.1.7.) 애국지사

박기은 지사는 평안북도 선천 출신으로 광복군 제3지대 제1구대 본부 구호대에 입대하여 구호분대원으로 조국이 광복될 때까지 활약하였다. 열아홉 살 때인 1944년 중국 하남성 귀덕 지역에서 광복군 지하공작원으로 활동하며 일본군에서 탈영한 한국인 등을 안전지대로 호송했다. 이듬해 3월부터는 광복군 제3지대 본부에서 군사훈련 및 간호교육 등 제반 과정을 이수하고 구호분대장으로 조국 독립을 위해 적극적으로 활동했다.

광복군은 창설 직후 총사령부와 3개 지대를 편성하였으며 총사령부는 총사령 지청천, 참모장 이범석을 중심으로 구성되었고, 제1지대장 이준식, 제2지대장 공진원, 제3지대장 김학규 등이 임명되어 단위 부대 편제를 갖추었다. 대한민국임시의정원 문서에 따르면 1945년 4월 당시 광복군의 총 병력 수는 339명이었으며, 같은 해 8월에는 700여 명으로 성장하였다. 광복군 가운데 2018년 3월 현재, 정부로부터 독립유공자로 서훈을 받은 분은 남성이 567명이고 여성은 박기은 지사를 포함하여 31명이다.

박기은 지사는 1980년, 남편 이원하 지사가 숨지자 이듬해인 1981년 7월 미국으로 건너가 자녀들과 함께 뉴저지에서 여생을 보냈다. 웨인에서 오랫동안 살았으며 노우드 은혜가든 양로원에서 생애 마지막을 보냈다. 박기은 지사가 양로원에서 숨을 거두자 평소 다니던 새들브룩의 성백삼위 한인천주교회에서 장례 미사를 올렸으며 이때 함께 성당에 참석한 교인들은 이구동성으로 "박기은 지사는 강직한 성품의 소유자였다"고 추모했다.

박기은 지사가 숨짐으로써 생존 여성애국지사는 4명에서 3명으로 줄었다. 현재(2018년 8월15일) 생존 지사는 오희옥 지사(1990. 애족장. 93살), 민영주 지사(1990.애국장. 96살), 유순희(1995.애족장. 93살) 지사 세분이다. 박기은 지사의 유해는 2018년 1월 25일, 고국으로 돌아와 국립대전현충원 제2묘역 378호에서 남편 이원하 지사와 함께 영면에 들었다.

정부에서는 그의 공훈을 기리어 1990년에 건국훈장 애족장(1982년 대통령표창)을 수여하였다.

🔍 **더보기**

광복군으로 함께 뛴 남편 이원하 지사

평북 선천 출신인 이원하(李元河, 1921.6.7. ~1980.3.13.) 지사는 박기은 지사와 부부 독립운동가로 1943년 4월 광복군 총사령부 귀덕 지구 전방 지하공작원으로 함께 활동하였다. 대한민국임시정부는 대일항쟁을 위한 준비로 1940년 9월 17일 중경에서 한국광복군 총사령부를 창설하였다.

광복군은 창설 직후 총사령부와 3개지대를 편성하였으며 총사령부는 총사령 지청천, 참모장 이범석을 중심으로 구성되었고, 제1지대장 이준식, 제2지대장 공진원, 제3지대장 김학규 등이 임명되어 단위부대 편제를 갖추었다. 광복군은 각지에 흩어져 활동하던 한인 항일군사조직을 흡수하여 통합하는 데에 온 힘을 쏟았다. 이로써 1941년 1월에 한국청년전지공작대가 편입되었으며, 1942년 7월에는 김원봉이 이끌던 조선의용대의 일부가 흡수되었다.

▲ 이원하 지사

또한, 중국 각지에 징모분처를 설치하고 한국청년 훈련반과 한국광복군 훈련반이라는 임시 훈련소를 운영하였으며 기관지 〈광복〉을 펴냈다.

정부에서는 고인의 공훈을 기리어 1990년에 건국훈장 애족장 (1963년 대통령표창)을 추서하였다.

옥양목 찢어 태극기 새기던
박연이

혼수감으로 마련해둔
옥양목 찢어

태극무늬 새기며
광복을 꿈꾸던
댕기머리 어린 소녀들

구국의 일념으로
기미년 정오
피울음 토해내며

죽음과 맞바꾼
자유에의 끝없는 갈망

숭고한 꽃으로
열매 맺었네.

박연이 (朴連伊, 1900.2.20. ~ 1945.4.7.) 애국지사

박연이 지사는 1919년 3월 11일, 부산 좌천동 일신여학교 재학 중 만세운동에 참여하였다. 주경애 선생의 지도 아래 고등과 4학년인 김반수, 심순의, 김봉애, 김복선과 3학년인 김응수, 2학년인 김신복, 김난줄, 1학년인 이명시, 송명진, 김순이, 박정수 등과 더불어 만세시위를 계획하고 3월 11일을 거사날로 잡았다.

이들은 기숙사에서 밤새워 태극기 50장을 준비하여 이튿날 좌천동 거리에서 만세시위를 펼쳤으며 이때 군중 수백 명이 함께 했다. 이날 만세시위로 일경에 잡혀간 박연이 지사는 4월 26일 부산지방법원에서 보안법 위반으로 징역 5월을 선고받고 옥고를 치렀다. 이곳 출신의 여성독립운동가로는 박연이 지사를 비롯하여 심순의(대통령표창, 1992), 김반수(대통령표창, 1992), 박차정(독립장, 1995), 김응수(대통령표창, 1995), 이명시(대통령표창, 2010), 김난줄(대통령표창, 2015) 지사 등이 서훈을 받았다.

당시 부산진일신여학교는 부산, 경남지역 3·1만세운동의 발상지일 뿐 아니라 부산 최초의 여성교육기관으로 1895년에 문을 연 역사와 전통이 깊은 학교다. 박연이 지사가 다니던 부산 좌천동에 있는 옛 부산진 일신여학교(현, 동래여고 전신)는 현재 기념관으로 쓰고 있으며 학교 건물은 부산광역시 기념물 제55호로 지정되어 그날의 생생한 역사를 증언하고 있다.

정부는 고인의 공훈을 기리어 2015년에 대통령표창을 추서하였다.

부산 3·1만세운동 1번지 부산진일신여학교를 찾아서

2017년 11월 9일, 여성독립운동가 박연이 지사가 다니던 부산 좌천동에 있는 옛 부산진일신여학교(현, 동래여고 전신)를 찾았다. 지금은 기념관으로 쓰고 있는 이 학교는 비탈진 높은 언덕에 있었는데 밑에서 걸어 올라가기가 힘에 부칠 정도로 가파른 곳에 자리하고 있었다. 126년의 역사를 지닌 부산진교회와 마주보고 있는 아담한 건물의 옛 부산진일신여학교(부산광역시 기념물 제55호) 마당에 서니 왠지 모르게 가슴이 뭉클했다.

▲ 좌천동 비탈진 언덕 위에 자리한 옛 부산진일신여학교는 지금 기념관으로 쓰고 있다.

비탈진 언덕 밑에서 바라다볼 때 우뚝 솟아 보이는 2층짜리 건물은 막상 올라가보니 외로운 섬처럼 달랑 건물 하나만 남아 있었다. 예전에 학생들이 뛰어 놀았을 운동장도 있었을 법한데 모두 주택과 교회 부지로 바뀌어 버렸고 지금은 쓸쓸한 건물 한 채 앞에 '부산진일신여학교 3·1운동 만세시위지' 라는 팻말 하나만이 세워져 있다. 마당에 느티나무 고목 한그루는 당시 소녀들의 함성을 알고 있는지 모르는지 낙엽을 떨군 채 서있었다. 마당이 하도 적어 옛 일신학교전경을 카메라에 담을 수도 없을 지경이었다.

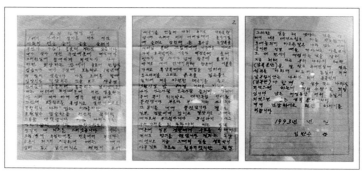

▲김반수 지사가 손수 쓴 손편지

옛 일신여학교는 2층짜리 기념관으로 꾸며져 있었다. 1층은 박연이 지사가 다닐 무렵의 교실을 재현한 공간이 있고 2층에는 일신여학교 학생들의 만세운동 관련 자료들이 전시되어 있었다. 당시 박시연, 주경애 교사는 박연이 지사를 포함하여 고등과 4학년인 김반수, 심순의, 김봉애, 김복선과 3학년인 김응수, 2학년인 김난줄, 김신복, 1학년인 이명시, 송명진, 김순이, 박정수 등과 더불어 시위 항쟁을 계획하고 3월 11일을 시위날로 잡았다. 이들은 시위 때 쓸 태극기를 만들었는데 그 옷감을 선뜻 내놓은 사람은 김반수 지사였다.

"전국에서 3월 1일에 독립만세를 전국에서 부른다는 소문이 퍼지기 시작하여, 때는 이때다 싶어 동지인 일신여학교 몇 명이 모여 태극기를 만들어 나눠주기로 약속을 했습니다. 그래서 저의 어머님께서 혼수감으로 마련한 옥양목을 어머님 몰래 끄집어내어 태극기를 만들어 만세운동에 앞장서게 되었습니다."

이 이야기는 김반수 지사 나이 89살(1993년) 때에 쓴 손편지의 한 구절이다. 손편지는 이어진다. "내가 7살 때 보통학교 1학년 때의 일이었습니다. 아침 조례를 할 때 일장기가 게양되는 것을 보고 상급생 언니들이 땅을 치며 통곡하는 것이었지요. 저는 어려서 무엇 때문에 저런 일을 하는가 싶어 의아하게 생각했답니다. 그런데 보통학교를 졸업하고 일신여학교로 진학하니 나라 없는 설움이란 다 표현할 수 없을 만큼 정신적, 육체적 고통을 당했습니다. 어린 나이였지만 나하나 쯤이 아니라 '나하나 만이라도' 라는 생각이 내 뇌리를 스쳐갔습니다."

그래서 김반수 지사는 어머니가 혼수감으로 마련해둔 귀한 옷감인 옥양목을 박연이 지사 등 학우들과 태극기를 만드는 데 써버리고 만다. 이들은 삼엄한 왜경의 눈을 피해 기숙사 벽장의 창문을 가리고 태극기를 만들었다. 그리고 이 태극기 100여 장을 들고 3월 11일 저녁 박연이 지사는 부산진일신여학교 학생들과 함께 좌천동 일대에서 군중들에게 태극기를 나누어주면서 만세 시위를 이끌었다.

부산진일신여학교기념관에는 이 학교 출신 여성독립운동가들의 당시 사진과 활동 상황 등이 빼곡하게 전시되어 있었다. 댕기머리를 한 가녀린 여학생이지만 조국 독립에 한 목숨을 내놓겠다는 결의로 만세운동에 당차게 참여했던 박연이 지사의 학창시절은 그렇게 기념관 건물 속에서 빛나고 있었다. 옛 부산진일신여학교야말로 부산, 경남 지역 3·1만세운동의 발상지일 뿐 아니라 부산 최초의 여성교육기관으로 역사적인 곳이다. 이곳 출신의 여성 독립운동가로는 박연이 지사를 비롯하여 김반수 지사(대통령표창, 1992), 박차정(독립장, 1995), 심순의(대통령표창,1992), 김응수(대통령표창, 1995), 이명시(대통령표창, 2010) 등이 서훈자이며 아직 서훈에 이르지 않는 분들도 많다. 기념관을 나오며 시퍼런 일경의 총부리에도 두려워 않고 조선독립을 외쳤던 부산진일신여학교 여학생들의 "뜨거운 조국애"를 다시 한 번 새겨 보았다.

*이 글은 2017년 11월 10일, 인터넷신문 〈우리문화신문〉에 실린 글임

워싱턴 하늘에 횃불 높이 든
신마실라

배꽃 동산의 엘리트 여성
태평양 넘어 워싱턴 하늘 아래서

일제가 가려버린 광명천지
암흑의 조국 참상
낱낱이 고발하며
높이 든 독립의 횃불

삼일정신 잊지 말고
민족혼 이어가자 외치던
임의 피울음

배꽃동산 영근 후배들
잊지 않고 가슴에 새기었네
임의 외침을!

신마실라 (1892.2.18. ~ 1965.4.1.) 애국지사

▲ 이화여전 제1회 졸업생(1914), 신마실라·이화숙·김애식(왼쪽부터)

신마실라 지사는 이화여전을 1회로 졸업한 우리나라 최초의 여학사 출신 독립운동가이다. 1914년 4월 1일 신마실라 지사가 22살 되던 해에 이화여전에서는 한국최초의 여자대학 졸업식이 열렸다. 이날 졸업식은 이화여전 뿐만이 아니라 모든 한국여성의 역사를 새로 쓰는 위대한 출발의 날이었다. 한국 최초 대학 졸업장을 받아든 여성은 신마실라(신마숙), 김앨리스(김애식), 이화숙 이렇게 세 명이었다. 이 세 여성의 졸업이 뜻깊은 것은 이들이 입학할 무렵인 1910년대만 하더라도 여성 교육의 무용론이 대세를 이룰 시기였기 때문이다.

신마실라 지사는 이화여전 재학 중 애국여성동지회를 결성하여 비밀 독립운동에 앞장섰으며, 1919년 파리강화회의에 한국의 사정을 호소하고자 대표로 선발되었으나 파리행이 자금 부족으로 무산되자 자금을 모으기 위해 1919년 하와이로 건너갔다. 거기 있는 동포들의 도움을 받아 보려한 것이 도리어 자기가 가지고 있던 여비를 보태주고 미국 본토로 건너갔다. 신마실라 지사가 미국에 건너 간 시기는 정확히 알 수 없으나 1919년 5월 무렵 워싱턴에서 감리교 선교백년대회에 참석하여 3·1만세운동 당시의 참상을 연설하였으며 1919년 6월 14일에는 워싱턴 뉴메소닉템플에서 열린 '자유공동대회'에서 풍금연주를 했다는 〈신한민보〉 기록으로 보아 3·1만세운동 이후에 미국에 건너간 것으로 보인다.

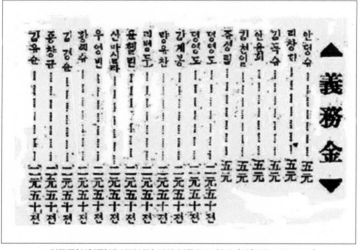

▲의무금(의연금)에 신마실라 지사 이름도 보인다. (신한민보.1919.7.26.)

미국으로 건너간 신마실라 지사는 이승만 박사를 만나 "구제회를 만들어 독립자금에 쓰일 의연금을 모으라"는 지시를 받고 워싱턴 및 펜실베이니아에 거주하면서 1925년 구미 외교위원회가 폐

쇄될 때까지 김규식·박영섭·서재필 선생과 함께 내·외국인을 가리지 않고 연설 모금운동을 지속적으로 벌였다. 그러는 가운데서도 신마실라 지사는 1920년대 초 펜실베니아 대학에 입학하여 교육학 학사를 취득하는 열정을 보였다.

신마실라 지사는 고국에서 이화여전을 나온 엘리트였던 만큼 상당한 영어실력을 갖추고 있었으며 1919년부터 1921년까지 미국 워싱턴에서 한인구제회 서기로 활동하면서 한국독립을 촉구하는 순회강연을 도맡아 하였고, 독립자금을 모금하였다. 특히 1921년 5월 펜실베니아주 감리교 외국선교사회 통상회의에서 고국의 참상에 대해 연설하였고 1923년 뉴욕지방회에서 열린 3·1절 기념식에서는 서재필과 함께 연설하는 등 '일제의 만행을 낱낱이 동포들에게 알리는 일'에도 앞장섰다. 또한 1931년 필라델피아에서 열린 3·1절 기념식에서는 한인친목회를 만들어 조직적인 독립운동을 할 것을 제의하였으며 1956년에 완공된 이화여대 본교 대강당을 지을 때도 많은 돈을 기부하는 등 나라안팎에서 조국독립과 여성교육에 큰일을 한 독립운동가였다.

정부는 고인의 공훈을 기리어 2015년에 대통령표창을 추서하였다.

🔍 더보기

파리강회회의란?

제1차 세계 대전이 끝난 2달 뒤인 1919년 1월부터 전쟁의 뒤처리를 위한 회의가 프랑스 파리에서 열렸다. 여기에는 연합국 측의 27개 나라 대표가 모였는데 미국의 윌슨 대통령, 영국의 로이드

조지 수상, 프랑스의 클레망소 수상 등이 중심인물이었다. 미국의
월슨 대통령은 대전 중인 1918년 1월 전후에 세계 평화 수립의 원
칙으로서 14개 조항을 발표한 바 있는데, 파리강화회의에서도 이
원칙을 내세웠다. 특히 월슨이 내세운 민족자결주의는 강화회의
와 그 후의 국제 사회에 많은 영향을 주었다.

▲ 파리강화회의에 파견된 임시정부 대표단과 한국 공보국 직원들, 앞줄 맨 오른쪽이
  김규식 선생

　파리강화회의는 민족 자결주의를 원칙으로 삼아 세계대전으로
인한 피해를 수습했지만 불공평한 면이 있었다. 민족 자결주의의
원칙이 세계 대전에서 패배한 나라들에게만 적용되었기 때문이
다. 승리한 연합국도 식민지를 가지고 있었지만 그들은 주권을 돌
려주지 않았다. 당시 대한민국임시정부도 이 회의에 김규식을 대
표로 보냈지만 독립을 얻지 못했다. 이때는 일본이 승리한 연합국
쪽이었기 때문이다.

남편과 함께 영덕 만세운동을 이끈

윤악이

온나라 울린
기미년 피의 항쟁
영덕땅에 이르니

부부 한 몸 되어
구국의 일념으로
분연히 일어났네

그 함성 채 퍼지기 전
일제의 쇠사슬에 걸려
철창에 갇혀서도

꼿꼿한 얼 굽히지 않고
민족혼 부여잡은
임들은
진정한 용사였어라.

윤악이 지사

윤악이 (尹岳伊, 1897.4.17. ~ 1962.2.26.) 애국지사

　윤악이 지사는 경상북도 영덕군 지품면 황장동 295번지가 본적으로 만세운동 당시 남편 주명우 목사가 잡혀가자 같은 처지에 놓인 신분금 (2007. 대통령표창) 지사와 함께 원전동 장날 만세운동에 적극 참여했다. 이날 만세시위를 벌인 윤악이 지사의 행동에 대해서는 1919년 4월 16일, 대구지방법원 영덕지청의 판결문이 잘 말해주고 있다.

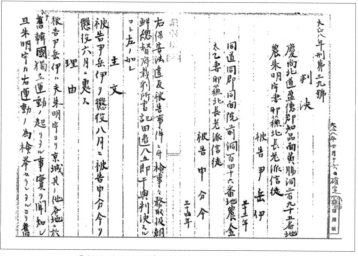

▲ 윤악이 지사 판결문(대구지방법원 영덕지청, 1919.4.16.)

　"피고 윤악이는 남편 주명우로부터 경성 및 각 지역에서 구한국독립운동이 일어난 사실을 듣고 또 주명우가 위의 운동을 하여 검거되자 구한국 독립을 희망하는 마음이 생겨 대정 8년(1919) 3월 24일 아침, 당일 거주지 면사무소 원전동 장날에 피고 신분금과 함께 독립운동을 일으킬 것을 계획하였다. 피고 신분금은 남편 김태을이 구한국독립운동을 하여 검거돼 근심을 하는 와중에 24일 아침 피고 윤악이로부터 '오늘 여기 시장에서 구한국독립운동을 하자'는 취지의 선동을 받고 이에 동의하여 함께 같은 날 정오 무렵 원전동의 시장으로 가서 피고 윤악이는 군중에게 '자신들은 여자지만 한국의 독립을 희망하여 한국만세를 부른다'는 내용의 연설을 하고 피고 신분금은 이에 호응하여 함께 독립만세를 불러 정치에 관한 불온한 언동을 하여 치안을 방해한 것이다. 법률에 비추어 보니 피고들의 위 행위는 보안법 제7조, 조선형사령 제42조에 해당하므로 징역형을 선택하여 그 소정 형기 범위 내에서 주문의 형을 양정하여 처단한다."

이날 판결은 조선총독부 재판소 서기 다나베 하치고로(田邊八五郞)가 내렸는데 윤악이 지사는 징역 8월을 선고 받았고, 함께 만세시위를 벌인 신분금 지사는 6월을 각각 선고 받고 옥살이를 했다. 윤악이 지사와 신분금 지사는 남편들이 1919년 3월 19일 원전동 장날 독립만세시위를 주도하다 잡혀 들어가자 3월 24일 장날을 기해 또 다시 만세시위를 주도하였던 것이다.

경북지방은 1910년대에 조선국권회복단·대한광복회·민단조합 등의 항일운동이 줄기차게 일어난 곳이며, 일본인의 침투가 가장 심한 지방의 하나로 항일의식이 강하였다. 이를 배경으로 경북지방의 3·1만세운동은 격렬하게 펼쳐졌는데 윤악이 지사가 활약한 영덕군에서는 기독교인 김세영과 유생 남세혁 등에 의해서 만세시위가 일어났다.

1919년 3월 18일 정규하와 남세혁 등 주동인물들은 시장 곳곳에 모인 군중에게 태극기를 나누어 주며 만세를 부르고 주재소로 몰려갔다. 만세시위는 3월 19일에도 계속되었는데 일제 경찰은 대구 주둔 일본군 17명을 동원하여 끓어오르는 군중들의 만세시위 현장에 무차별 사격을 가해 8명이 현장에서 순국하고 16명이 부상당하는 참사를 빚었다.

정부는 고인의 공훈을 기리어 2007년에 대통령표창을 추서하였다.

🔍 **더보기**

남편 주명우 지사는 목사로 교인을 이끌어 만세운동에 참여

주명우(朱明宇, 1881.2.24. ~ 1952.8.5.) 지사는 기독교 목사로 1919년 3월 19일의 지품면 원전동 장날을 이용하여 독립만세운동을 주동하였다. 지품면 원전동 예수교 장로교회 목사로 있던 주명우 지사는 김중명과 3월 19일 장날을 이용하여 만세운동을 일으킬 것을 결의하였다. 이에 3월 19일 오전 11시 30분 무렵, 주명우 지사는 교인 수십 명을 모아 장터로 나가 '대한독립만세' 라고 크게 쓴 깃발을 앞세우고 군중들과 더불어 독립만세를 부르면서 원전동 주재소로 몰려갔다.

당시 40살이던 주명우 지사가 원전동 시위를 주도하다 잡혀 대구복심법원 형사 제2부로부터 받은 판결문(1919년 5월 9일)을 보면 그의 독립의지를 여실히 엿볼 수 있다. 판결은 부인 윤악이 지사를 판결한 조선총독부 재판소 서기 다나베 하치고로(田邊八五郞)가 내렸다. 판결문 내용이 길지만 당시 영덕지방의 만세운동을 이해하기에 좋은 자료임으로 전문을 소개한다. (중요부분은 글쓴이가 밑줄을 그음)

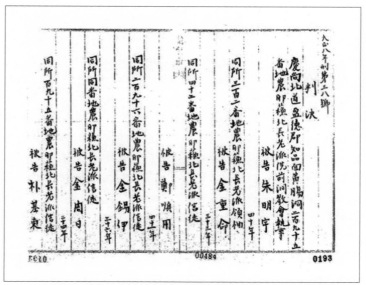

▲ 윤악이 지사 남편 주명우 지사 판결문(대구복심법원 형사 제2부, 1919.5.9.)

"피고 주명우는 일한 병합 당초부터 한국독립을 희망하면서 늘 기회가 있으면 이의 실현운동을 일으켜 그 목적을 관철 시킬 것을 기도하던 중 대정 8년(1919) 음력 2월 10일 경 일간신문인 매일신보의 기사에서 경성과 기타 각 지역에서 위의 독립운동이 발발하고 있는 것을 알고 다년간 희망하던 독립운동을 일으킬 기회라고 생각했다. 대정 8년(1919) 3월 19일 아침 당일은 거주지 면 원전동의 장날이므로 각 지역의 예를 따라 시장에서 운동을 일으킬 것을 기도하여 종이 깃발을 만들어 '대한독립만세' 라고 적고 이것을 가지고 원전동에 갔다. 피고 김중명은 동년 음력 2월 15일 경 각 지역에서 한국독립운동이 발발했음을 들어 알고 독립운동의 희망이 생겨 이 목적을 달성하려고 생각했는데 19일 아침 원전동의 시장에 가던 도중 피고 주명우를 만나 함께 당일 독립운동을 일으키

기로 모의했다. 당일 정오에 동 시장에서 군중들에게 피고 <u>주명우</u>
<u>는 위의 종이 깃발을 흔들며 대한독립만세를 외쳐 '한국독립의 목</u>
<u>적을 달성 시키기 위해 죽을 때까지 멈추지 말아야한다'는 내용과</u>
<u>또 '죽기를 결심하고 독립운동을 해야한다'는 내용의 연설을 하여</u>
<u>군중을 선동, 사주했다.</u>

　피고 정순용, 김주일, 박기동은 전설이나 혹은 풍설에 의해 각지
에서 구한국 독립운동이 발발했음을 알고 모두 한국독립을 희망
하여 이 운동을 일으키려 19일 원전동 시장에서 피고 주명우 등
이 독립운동을 일으킬 때에 즉시 이에 참가했다. 피고 김주일은 자
신들은 죽기를 결심하고 독립운동을 하는 것이니 만세를 불러야
한다고 연설하고 각자 독립만세를 높이 외쳤다. 피고 김석이는 이
시장에서 피고 <u>주명우 등이 한국독립만세를 높이 외치자 운동에</u>
<u>참여하여 함께 독립만세를 불렀는데 모두 정치에 관한 불온한 언</u>
<u>동을 하여 치안을 방해한 것이다.</u> 이상의 사실은 당 공정에서 피고
등의 판시 사실과 같은 자백 및 압수한 물건에 비추어 그 증빙이
충분하다고 인정한다.

　법률에 비추어 보니 피고 등의 위 행위는 보안법 제7조, 조선형
사령 제42조에 해당하므로 징역형을 선택하고 그 소정의 형기 범
위 내에서 피고 주명우, 김중명, 정순용, 김주일, 박기동에게 각 주
문의 형을 양정하고 피고 김석이에 대해서는 징역 3월로 처단해야
하나 정상 참작에 의해 조선태형령 제1조, 제4조를 적용하여 태형
에 처한다. 압수한 물건은 형법 제 19조에 의해 몰수하기로 한다.
이에 주문과 같이 판결한다."

　참으로 어이없는 판결이다. 나라 잃은 조선인이 자신의 나라를
되찾기 위해 독립만세시위를 한 것을 놓고 '보안법 위반 운운'으

로 잡아넣은 것이 당시 일제의 만행이었던 것이다. 이 일로 주명우 지사는 이른바 보안법 위반 혐의로 징역 2년형이 확정되어 옥고를 치러야했다.

　정부에서는 고인의 공훈을 기리어 1990년에 건국훈장 애족장 (1982년 대통령표창)을 추서하였다.

피 흘리는 동포의 상처 어루만진 수호천사

이도신

고구려 기상 드높던
고향땅 강계 떠나
푸른 꿈 안고 내디딘 경성에서

흰 가운 천사되어
동포의 상처 어루만지던
기미년 그해

피 흘리는 동포들 틈에 끼어
포악한 일제에 저항하다

스물다섯
꽃다운 나래 접은
임의 숭고한 얼

겨레의
거룩한 표상으로
길이 빛나리.

이도신 지사

이도신 (李道信, 다른 이름 李信道, 1902.2.21. ~ 1925.9.30.) 애국지사

　이도신 지사는 평안북도 강계 출신으로 정신여학교 13회 졸업생이다. 졸업 후 세브란스병원 간호사 견습생이 되어 일하던 중, 1919년 12월 2일 훈정동 종묘 앞에서 일어난 만세시위에 참여하였다. 이날 만세운동에는 동료 간호사 김효순·노순경·박덕혜 등과 함께 했으며 저녁 7시 무렵 노순경은 태극기를, 김효순은 붉은 글씨로 '조선독립만세'라고 쓴 기를 흔들며 독립만세에 참여하였고 이도신 지사는 시위군중 20여 명과 함께 만세를 불렀다.

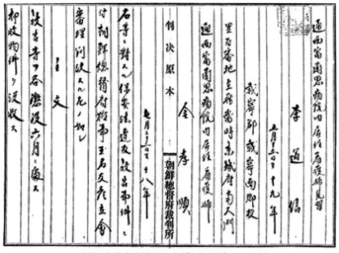

▲ 이도신 지사의 경성지방법원 판결문(1919.12.18.)

　1914년부터 1944년까지 독립운동에 참여한 간호사는 모두 24명으로 주된 활동무대는 서울과 평양이 중심이었다. 유형별로 보면, 독립만세운동, 군자금모금, 적십자활동, 사회운동, 여성운동, 농촌계몽운동, 첩보활동, 비밀연락, 독립군모집 등에서 활약하였다. 독립만세운동에 참여한 간호사는 이도신 지사를 비롯하여 노순경, 김효순, 박덕혜, 박옥신, 박인덕, 박원경, 윤진수, 이성완, 이정숙, 채계복 등이었다.

▲ 정신여학교 13회 졸업 사진 아쉽게도 이도신 지사가 누구인지는 기록되어 있지 않다.

이도신 지사는 이날 만세운동으로 일경에 잡혀 1919년 12월 18일 경성지방법원에서 이른바 보안법 위반으로 징역 6월을 선고받고 서대문 형무소에서 옥고를 치렀다. 그의 나이 17살 때 일이며 감옥에서 모진 고문 후유증으로 출옥 후에 꽃다운 25살의 나이로 숨을 거두었다.

이처럼 출옥 후에 숨을 거둔 예는 고수복(1911~1933.7.28) 지사와 수원의 잔다르크인 이선경 지사 등을 들 수 있다. 고수복 지사는 경성지방법원 검사국으로 잡혀가 1933년 7월 19일 조사를 받다가 심한 고문으로 9일 만에 숨을 거두었고, 이선경(1902.5.25. ~ 1921.4.21.) 지사는 구류 8달 만에 가출옥되었으나 역시 9일 만에 19살의 나이로 순국의 길을 걸었으니 간악한 일제의 고문이 얼마나 심했는지를 알 수 있다.

🔍 더보기

간호사 출신의 여성독립운동가는?

1) 최혜순(崔惠淳, 1900.9.2.~1976.1.16.) 지사

간호사 출신으로 일찍부터 상해에서 조선의 독립을 위해 활동했다. 특히 대한민국임시정부 국무위원인 김철 애국지사와 혼인하여 남편과 함께 상해지역의 독립운동가들과 교류하며 여성운동가로써 뛰어난 활약을 펼쳤다. 1931년 9월 대한민국임시정부에서는 만주사변에 대한 대책을 협의하기 위하여 상해에 있는 조선인 각단체대표회의를 소집하였다. 이때 최혜순 애국지사는 애국부인회 대표 자격으로 참여하였다. 이 회의에서 중국을 후원하고 일제를 무찔러 조선독립을 이룰 목적으로 이른바 상해한인각단체연합회를 결성하기로 하고 임원을 뽑았는데 이때 회계책임자로 뽑혔다. 같은 해 12월 제 23회 임시의정원에서 전라도 의원으로 뽑혀 1933년 2월까지 활동하였다.

2) 노순경(盧順敬, 1902.11.10 ~ 1979. 3. 5.) 지사

노순경 애국지사는 황해도 송화(松禾) 출신으로 1919년 12월 2일 세브란스병원 간호사로 근무하던 중 서울 종묘(宗廟) 앞에서 만세시위를 했다. 그는 독립운동가 노백린(盧伯麟) 장군의 차녀로 평소부터 남다른 항일의식을 길러 왔다. 3·1만세운동 이후 노순경 애국지사는 독립운동에 투신하기로 결심하고 재차 만세운동의 기회를 기다리던 중, 12월 2일에 20여 명의 동지들과 함께 태극기를 제작하여 일제 총독부에 정면으로 대항하는 독립만세시위를 일으켰다. 이일로 만세 현장에서 붙잡혀 1919년 12월 18일 경성지방 법원에서 이른바 제령(制令) 제7호 위반으로 징역 6월을 받아 옥고를 치렀다.

3) 김온순 (金溫順, 1898. 3.23 ~ 1968. 1.31.) 지사

혜사(慧史) 김온순 지사는 황해도 해주에서 태어나 평양 숭의여학교를 나왔으며 1919년 3·1만세운동에 참가하여 독립만세를 부르다가 체포되어, 해주감옥에서 옥고를 치른 뒤 중국으로 망명하였다. 김온순 지사는 독립투사 김광희(金光熙) 선생과 혼인하여 만주지역에서 독립운동가로 활약했으며 1930년 3월 3일 한족총연합회(韓族總聯合會)의 지도당으로 조직된 신한농민당(新韓農民黨)의 여성부장으로 뽑혔다. 김온순 지사는 남편과 함께 북만주 독립운동 노선이 공산주의자들의 획책으로 혼란하게 되지 않도록 힘썼으며 조국의 독립을 위해 헌신하였다.

4) 탁명숙(卓明淑, 1900.12.4.~1972.10.24.) 지사

탁명숙 지사는 함경남도 정평군에서 태어나 세브란스병원 간호부양성소를 졸업하고 원산 구세병원 간호사로 근무하던 중 서울에서 1919년 3월 1일 독립 만세운동이 일어나자 서울로 상경해 3월 5일의 만세운동에 참여했다. 탁명숙 지사는 이것으로 그치지 않고 1919년 9월 2일 신임 총독 사이토(齋藤實)가 부임할 때 남대문 역에 폭탄을 던진 강우규 의사를 9월 13일 경성부 누하동(樓下洞) 136번지 임재화(林在和)의 집에 피신시켰다. 이 일로 다시 잡힌 탁명숙 지사는 1919년 11월 6일 경성지방법원에서 보안법 위반으로 징역 6월 집행유예 3년을 선고받았다.

5) 박자혜(朴慈惠, 1895.12.11. ~1944.10.16.) 지사

박자혜 지사는 경기 고양사람으로 역사학자 신채호 선생의 부인이다. 숙명여학교의 전신인 명신여학교에 입학하여 근대 교육을 받고 사립조산부양성소를 거쳐 1916년부터 1919년 초까지 조선총독부 의원에서 간호사로 일했다. 1919년 3월 6일 근무를 마친 뒤 간호사들을 옥상에 불러 모아 만세운동에 참여 할 것을 제안하였다. 조산원과 간호사를 모아 만든 것이 간우회(看友會)였다. 간우회를 통해 독립만세운동을 선동하고 민족의식을 높이는 각종 유인물을 비밀리에 만들어 뿌리는가 하면 일제의 부당한 대우에 피부과 의사 김형익(金衡翼) 등 동료와 결의하여 태업(怠業)을 주도하였다.

혁명여성동지와 부른 독립의 노래

이숙진

중국인 몸으로
망국민 떠돌이 조선인 친구 되어
독립의 노래 함께 불러 준 이여

옷깃을 파고드는 칼바람 막아주며
혁명여성동지 손을 부여잡고
함께 뛴 이여

두려움 떨치고
험난한 골짜기를 걸으며
솔빛 진한 숲처럼
조선의 푸르른 날을
꿈 꿔준

임은 조선의 영원한
동지일레라.

이숙진 지사

이숙진 (李淑珍, 1900.9.24. ~ 모름) 애국지사

　이숙진 지사는 중국인으로 독립운동에 적극 뛰어들었으며 대한민국임시정부 국무위원을 지낸 조성환 선생의 부인이다. 이숙진 지사는 1939년 중국 기강에서 한국국민당 당원, 1940년 6월 중경에서 한국혁명여성동맹 창립에 참여했으며 1944년 3월 중경에서 한국독립당 당원으로 활동하였다. 한국혁명여성동맹은 1940년 6월 16일에 중경에서 결성되어 대한민국임시정부의 독립운동을 지원하고 교육활동에 주력하는 등 조국 독립을 앞당기고자 활약한 단체다.

▲ 한국혁명여성동맹 창립기념 사진(1940. 6. 17.)
앞줄 왼쪽 : 이헌경, 정정화, 이국영, 김효숙, 방순희, 김정숙, 김병인, 유미영
가운데줄 왼쪽 : ○, 조용제, 오영선, 송정헌, 정현숙, 오건해, ○, 김수현, 노영재
뒷줄 왼쪽 : 윤용자, ○, 이숙진, 최선화, 오광심, 연미당, 최형록, 이순승

　'한국혁명여성동맹 창립 선언서' 의 일부를 보면 "지금 우리가

처한 환경은 어느 민족의 여성들보다도 더욱 고통스럽고 비참하다는 사실을 우리 모두는 너무나 잘 알고 있습니다. 나라를 잃은 망국민인 우리는 이민족의 비인도적인 압박과 착취 아래 소와 말만도 못한 고초의 나날을 보내고 있습니다. 우리는 인류의 평등과 정치적 자유를 논할 자유도 없으며, 경제의 균등과 문화의 향유는 감히 상상해볼 수 없는 처지에 있습니다." 라면서 1천 5백만 한국 여성들은 5천년의 찬란한 문화와 역사를 이어갈 수 있도록 현재 처해진 운명을 극복해나가자는 의지에 찬 내용으로 가득 차 있다.

한국혁명여성동맹에서 활약한 여성 가운데 독립유공자 서훈을 받은 사람은 이숙진 지사를 비롯하여, 조용제, 송정헌, 이순승(이하 애족장. 1990), 정현숙(애족장. 1995), 최형록(애족장. 1996), 오영선(애족장. 2016), 오건해, 이헌경, 김수현, 김병인, 윤용자(이하 애족장. 2017) 등이 있다.

정부에서는 고인의 공훈을 기리어 2017년 건국훈장 애족장을 추서하였다.

🔍 **더보기**

남편 조성환 지사도 독립운동가

이숙진 지사의 남편인 청사(淸史) 조성환 지사(曹成煥. 1875.7.9. ~ 1948.10.7.)는 서울 낙원동에서 태어났으며, 1907년 안창호, 양기탁 등과 더불어 비밀결사 조직인 신민회(新民會)를 조직하고 구국운동을 펼쳤다. 조성환 지사는 신민회 동지들과 나라를 구할 방법을 협의하고 북경으로 망명하여 이곳을 근거지로 간도, 노령 등지를 다니면서 독립운동의 터전을 닦았다. 1916년 9월 신규식, 민충식, 박은식 등과 체화동락회(棣華同樂會)를 조직하여 교민의 단결 및 재외한인단체와의 연락을 유지하면서 항일운동에 전념할 수 있도록 박달학원(博達學院)을 설립하고 청소년 교육에 힘을 기울였다.

▲ 한국광복군 징모 제3분처 위원 환송 기념(중경.1941.3.6.)
첫　　줄 박찬익, 조완구, 김구, 이시영, 차리석
둘째줄 최동오, 김문호, 신정숙, 김응삼, 이지일, 김붕준
셋째줄 조성환, 조소앙, 이청천, 이범석, 양우조

1918년 11월에는 39명의 대표 중 1명으로 길림에서 대한독립선언을 발표하여 한국민의 독립의지를 만천하에 알렸으며 3·1만세운동 이후 대한민국임시정부 수립에 적극 참여하여 제1회 의정원 회의에서 노령 대표의원 및 군무차장에 임명되었다. 그러나 일제의 침략에 대항하기 위해서는 무력투쟁이 효과적이라고 판단하고 1920년에 만주로 가서 북로군정서 조직에서 참모장으로 활약하

였다. 조성환 지사는 북로군정서에서 무기 구입 등 독립군의 무장 및 전력 강화에 주력함으로서 청산리독립전쟁에서 승리하는데 결정적인 역할을 하였다.

또한 북로군정서, 대한독립군, 국민회 등 10개 독립운동단체들이 밀산(密山)에서 대한독립군단을 조직하여 서일(徐一)을 총재로 추대하게 되자 홍범도, 김좌진과 함께 부총재에 선임되어 독립군을 이끌었다. 1925년 3월에는 영안현(寧安縣)에서 김혁, 김좌진, 나중소 등과 신민부(新民府)를 새로 조직하여 외교부 위원장에 뽑혔으며, 목릉현 소추풍(穆陵縣 小秋風)에 성동(城東)사관학교를 설립하여 이범윤과 같이 고문에 추대되어 교육훈련을 지도하였다. 1932년 대한민국임시정부 국무위원에 뽑힌 뒤 광복 때까지 군무부장 등 국무위원으로 임시정부를 이끌었으며, 군사위원회 위원으로 화북(華北)지구에 파견되어 병사모집, 군사훈련 등의 임무를 수행하는 등 광복군 창설의 기틀을 마련하였다. 광복 이후 대한독립촉성국민회 위원장, 유도회 성균관 부총재 등을 역임하였으며 73살을 일기로 숨져 효창원에 안장되었다.

정부에서는 고인의 공훈을 기리어 1962년 건국훈장 대통령장을 추서하였다.

애국부인회서 여성들의 단합을 꾀한
이순승

국토는 빼앗을지언정
겨레의 넋을 빼앗을 손가

총부리 잠시 피해
이역 땅에 숨어 든 몸
흔적 없이
사라진다해도
두려울 것 없어

일제가 짓밟은 산하
국권회복의 그날까지
광복의 시계를 멈추지 않게 한
임의 숭고한 헌신

겨레는
잊지 않을 거외다.

이순승 지사

이순승 (李順承, 1902.11.12. ~ 1994.1.15.) 애국지사

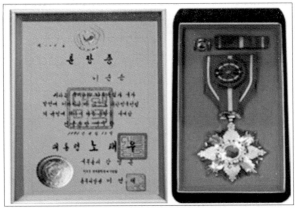

▲ 이순승 지사의 훈장증과 훈장

이순승 지사는 1923년 중국 상해로 망명하여 대한민국임시정부에서 활동하던 조시원 지사의 부인으로 이들은 부부 독립운동가다. 이순승 지사는 1930년 국내에서 군자금 모금을 위하여 활동을 하다가 인천에서 일경에게 잡혀 20일간 감옥살이를 했다. 그 뒤 1940년 6월 17일 중국 중경에서 한국혁명여성동맹 조직 결성에 참여하였으며 한국독립당의 창립위원이 되었다. 이듬해 1941년에는 한국독립당의 중경 강북구당 집행위원으로 활동하였다.

1943년 2월 중국 중경에서 한국애국부인회(韓國愛國婦人會)의 재건 움직임이 일면서 이순승 지사는 재건요원으로 뽑혀 전체 부녀자들의 각성과 단결을 부르짖으며 여성의 독립운동을 이끌었다. 한국애국부인회는 국내외 1천 5백만 애국여성의 단결의 상징이며, 일본타도와 대한독립, 민족해방을 위한 목표를 두고 활동했다는 데 그 의의가 있다. 특히 한국애국부인회는 국내 각층의 여성, 우방 각국의 여성 조직, 재미여성단체와의 긴밀한 상호관계를 통한 여성의 연대를 이뤄낸 것이 특징이다.

이순승 지사를 비롯한 애국부인회 여성들은 "국내외 부녀를 총 단결하여 전민족 해방운동 및 남자와 일률 평등한 권리와 지위를 향유하는 민주주의 신공화국건설에 적극 참가하여 공동 분투하기로 한다."는 내용의 7개조에 이르는 강령을 만들어 활발한 사회활동과 독립운동을 펼치면서 대한민국임시정부를 적극 도왔다.

한국혁명여성동맹에서 활약한 여성 가운데 독립유공자 서훈을 받은 사람은 이순승 지사를 비롯하여, 조용제, 송정헌, (이하 애족장. 1990), 정현숙(애족장. 1995), 최형록(애족장. 1996), 오영선(애족장. 2016), 오건해, 이헌경, 김수현, 김병인, 윤용자 (이하 애족장. 2017) 등이 있다.

정부에서는 그의 공훈을 기리어 1990년에 건국훈장 애족장을 수여하였다.

🔍 더보기

1. 이순승 지사의 남편은 독립운동가 조시원 지사

조시원(趙時元, 1904.10.23. ~ 1982.7.18.) 지사는 1928년 상해에서 한인청년동맹 상해지부 집행위원회 정치·문화부 및 선전조직부 간부로 활동하였으며, 1930년에는 한국광복진선(韓國光復陣線)을 결성하였다. 1935년에는 형님 조소앙·홍진 등과 함께 월간잡지 『진광(震光)』을 펴내 항일의식을 높였다. 1939년 10월 3

일에는 임시의정원 경기도 의원에 뽑혀 광복 때까지 의정활동에 참여하여 항일활동에 몸을 바쳤다.

1940년 5월에는 3당 통합 운동에 적극 참여하여 한국독립당을 창당하여 그 중앙집행위원에 뽑혔다. 1940년 9월 17일에 한국광복군이 창설됨에 따라 광복군 총사령부 부관으로 임명 되었으며 총사령부가 중경에서 서안으로 옮겨감에 따라 서안으로 가서 부관처장 대리로 일했다. 또한 임시정부 선전위원회의 위원을 겸직하기도 하였다. 1941년에는 중국 중앙전시간부훈련 제4단특과 총대학원대한청반(中央戰時幹部訓練 第四團特科 總大學員隊韓靑班)에서 안일청·한유한·송호성 등과 함께 군사교관으로서 전술, 역사, 정신교육을 담당하며 민족정신을 기르는데 온힘을 쏟았다. 이 기관은 전시 하에 급격히 필요한 간부를 많이 길러내기 위하여 일정한 기간 교육훈련을 하는 군사교육기관이다. 1943년에는 광복군 총사령부 군법실장(軍法室長)에 뽑혀 항일활동을 펼쳤으며, 광복군 정령(正領)으로 일했다.

정부에서는 그의 공훈을 기리어 1963년에 건국훈장 독립장을 수여하였다.

2. 이순승 지사의 남편 조시원 일가의 독립운동

〈큰형님, 조용하 : 1882.3.3.~1937.3.3.〉

조시원 지사의 큰 형님으로 재미(在美) 생활 20여 년간 넥타이 한 개만을 사용할 정도로 검소했던 조용하 선생은 1901년 대한제국의 주독(駐獨), 주불(駐佛) 공사관 참사관을 지냈다. 그 뒤 1905년 을사늑약이 강제로 맺어지자 북경으로 망명하여 독립운동에 뛰어들었다. 1913년 미국으로 건너가 박용만과 함께 하와이에서 조선독립단(朝鮮獨立團)을 조직하였으며, 1920년 7월 하와이 지 방총회에서 지단장에 뽑혀 기관지 〈태평양시사〉를 발행하는 등 활약하였다.

그는 또한 친동생인 상해임시정부 외무총장 조소앙과 긴밀한 연 락을 유지하며 외교 및 홍보활동을 펼쳤다. 1932년 4월 조소앙으 로부터 중한동맹회(中韓同盟會) 조직의 선언서와 입회용지를 받 고 하와이에 있던 동지를 권유하여 가입시켰으며, 임시정부와 긴 밀한 관계를 유지하며 독립운동을 계속하였다. 같은 해 10월에 는 보다 본격적인 활동을 위하여 미국 기선 프레지던트 후우버호 를 타고 상해로 가던 도중 일본 고베 (神戸)에 기항하였다가 미리 정보를 입수한 왜경에게 잡혔다. 1933년 1월 서울로 압송된 그는 1933년 4월 1일 경성지방법원에서 징역 2년 6월형을 선고받고 옥 고를 치렀다. 출옥 뒤 옥고의 여독으로 1937년 3월에 서거하였다. 정부에서는 고인의 공훈을 기려 1977년에 건국훈장 독립장을 추 서하였다.

〈둘째형님, 조소앙 : 1887. 4.10. ~ 1958.9.10.〉

대한민국이라는 국호를 처음 사용한 사람으로 알려진 조소앙 지 사는 1904년 성균관을 수료하고 7월에 황실유학생에 뽑혀 일본으 로 건너가 도쿄부립제일중학교에 입학하였다. 1905년 을사조약 이 맺어지자 도쿄 유학생들과 같이 우에노공원에서 7충신 추모대 회와 매국적신 및 일진회의 매국행각 규탄대회를 열어 일제를 꾸 짖었다.

조국이 일제에 강탈당하자 항일운동의 발판을 마련하고자 1913

년 북경을 거쳐 상해로 망명한 뒤 신규식·박은식·홍명희 등과 동제사(同濟社)를 개편하여 박달학원(博達學院)을 세웠다. 이곳에서 청년 혁명가들을 길렀으며 이는 중국에서의 항일독립운동을 위한 발판이 되었다. 1919년 3·1만세운동 직후에 조소앙 지사는 국내에서 조직된 대한민국임시정부의 교통무경에 추대되었으며 같은 해 4월 상해에서 임시정부를 수립할 때 앞장서서 참여하였다. 임정출범의 법적 뒷받침이 된 '임시헌장'과 '임시의정원법'의 기초위원으로 실무 작업을 담당하여 민주공화제 임정수립의 산파역을 맡았다.

1945년 8·15 광복을 맞아 12월, 조소앙 지사는 임시정부 대변인으로 한국독립당 부위원장으로 환국하였는데, 환국 당시에는 대한민국 건국강령에 따라 건국운동을 계획하였다. 임시정부요인들은 이러한 스스로의 정치적 포부를 실현하기 위해 전력을 다하였으나 뜻하지 않게 국토는 남북으로 갈리게 되었고 남한만의 단독선거에 의한 정부가 들어서자 대한민국을 임시정부의 정통성을 계승한 정부로 인정하였으며, '사회당'을 결성하고 위원장에 뽑혔다.

이 사회당의 기본노선은 결당대회 선언서에서 밝힌 바와 같이 "대한민국의 자주독립과 남북통일을 완성하고 정치·경제·교육상 완전 평등한 균등사회 건설에 앞장선다."는 것으로 먼저 대한민국 체제 내에서 삼균주의 이념(정치·경제·교육상 완전 평등한 균등)을 실천하려는데 있었다. 그러나 6·25전쟁으로 서울에서 강제 납북되어 자신의 뜻을 펼치지 못한 채 북한에서 임종을 맞이하였는데 1958년 9월 조소앙 지사는 임종에 즈음하여 "삼균주의 노선의 계승자도 보지 못하고 갈 것 같아 못내 아쉽다. 독립과 통일의 제단에 나를 바쳤다고 후세에 전해다오."라는 말을 남겼다고 한다.

정부에서는 고인의 공훈을 기려 1989년에 건국훈장 대한민국장을 추서하였다.

〈셋째형님, 조용주 : 1891. 8.24. ~ 1937.12.9.〉

조용주 지사는 1913년에 중국으로 망명하여 친형인 조소앙과 힘을 합쳐 상해에서 아세아민족반일대동당(亞細亞民族反日大同黨)을 결성하여 항일투쟁을 펼치고 1916년에는 상해에 서 대동당(大同黨)의 결성을 이끌었다. 1917년의 대동단결선언(大同團結宣言) 때에도 조소앙의 활동을 도왔다.

3·1만세운동이 일어나자 길림에 있던 조용주 지사는 〈대한독립선언서(大韓獨立宣言書)〉의 작성에 참여하였고, 다시 상해로 건너가 대한민국임시정부의 임시헌장(臨時憲章)을 기초하기도 하였다. 한편 같은 해 5월에 조소앙이 국제무대에서의 외교활동을 위해 유럽으로 떠나기에 앞서 조용주 지사는 4월 말쯤 외교활동에 대한 지원단체를 조직하기 위해 국내로 들어와 대한민국청년외교단(大韓民國靑年外交團)을 조직하였다.

1919년 5월에 서울에서 결성된 대한민국청년외교단은 독립정신의 보급 및 선전과 아울러 세계 각국에 외교원을 파견하여 독립실현을 보장받는데 목표를 둔 단체로서 나라 안 곳곳 그리고 나라 밖 상해에 지부를 만들고 조소앙의 외교활동에 대한 지원 및 선전활동을 폈다.

이때 조용주 지사는 동단의 외교원으로 뽑혀 활약하는 한편 대한민국청년외교단의 자매단체인 대조선독립애국부인회(大朝鮮獨立愛國婦人會)를 혈성단애국부인회(血誠團愛國婦人會)와 통합하여 대한민국애국부인회(大韓民國愛國婦人會)로 발전·개편하는데 앞장섰다. 그 뒤 상해와 국내를 오가며 대한민국청년외교단의 활동을 지도하다가 1919년 11월말 동단체가 발각되는 바람에 잡혀 징역 3년형을 언도받았다.

정부에서는 고인의 공훈을 기리어 1991년에 건국훈장 애국장(1963년 대통령표창)을 추서하였다.

〈넷째형님, 조용한 : 1894.10.4.~1935.11.25.〉

조용한 지사는 1920년 음력 12월 20일 무렵 김홍제·오인영과 함께 독립군자금을 모집한 뒤 중국 상해로 망명하여 대한민국임시정부에 참여하였다. 조용한 지사는 완구용 권총 한 자루를 구입한 다음 중국 동삼성(東三省) 소재 서로군정서(西路軍政署) 명의의 인장을 조각하여 군자금 영수증서를 작성하고 수원·안성·진위의 부자들로부터 군자금을 모집하려고 오인영을 방문하러 가던 중 왜경에게 잡혔다. 1921년 5월 5일 경성지방법원 수원지청에서 이른바 정치범죄 처벌령 위반 및 강도예비 등으로 유죄판결을 받고 같은 해 6월 6일 경성복심법원에서 징역 3년형을 언도받아 옥고를 치렀다. 그 뒤 1928년 5월 중국 상해로 건너가 대한민국임시정부 외교총장인 친형 조소앙과 함께 독립운동에 앞장섰다.

정부에서는 고인의 공훈을 기리어 1990년에 건국훈장 애국장을 추서하였다.

이 밖에 이순승, 조시원 지사의 따님인 조순옥(1990 애국장)과

사위 안춘생(1963 독립장)도 독립운동에 뛰어들었으며 둘째 형님인 조소앙 지사의 부인인 오영선(2016 애족장), 둘째 부인 최형록(1996 애족장), 조카인 조시제(1990 애국장), 조인제(1963 독립장), 조계림(1996 애족장), 조시원 지사의 누님인 조용제(1990 애족장) 등 이순승 지사의 남편 조시원 지사 집안은 다수의 독립유공자를 배출한 독립운동사에 빛나는 집안이다.

억척스레 모은 돈 아낌없이 군자금 댄
차인재

LA 헌팅턴비치 조용한 주택가서
따뜻한 미소로 반기던 임의 외손녀
마치 임을 보는 듯
두근두근 가슴 설레었네

이화학당 나온 엘리트
이역땅으로 건너가
꼭두새벽부터 한밤중까지
채소 장사하며 모은 돈
군자금으로 보내던
그 붉은 마음

일흔의 손녀딸 아직도 기억하며
빙그레 웃는 모습
마치 임 본 듯
기쁜 마음 그지없어라.

차인재 지사

차인재 (車仁載, 1895. 4.26 ~ 1971.4.7) 애국지사

"외할머니(차인재 지사)는 매우 억척스런 분이셨습니다. 외할머니는 새크라멘토에서 식료품 가게를 하셨는데 새벽부터 밤까지 초인적인 일을 하시며 돈을 버셨지요. 그렇게 번 돈을 조국의 독립운동 자금으로 내셨습니다. 제가 8살 무렵에 한글교실에 다녔는데 이것은 외할머니의 영향이었습니다. 외할머니는 제가 대학을 졸업할 무렵 돌아가셨습니다."

이는 미국에서 독립운동을 하신 차인재 지사의 외손녀딸인 윤 패트리셔(한국이름 윤자영, 71살) 씨가 한 말이다. 2018년 8월 13일(현지시각) 저녁 7시, 글쓴이는 차인재 지사의 외손녀 윤 패트리셔 씨가 살고 있는 헌팅턴비치의 조용한 단독주택을 찾았다. 윤 패트리셔 씨 집은 LA코리아타운으로부터 승용차로 1시간 여 거리에 있었다. 이곳 헌팅턴비치 주택가는 정원을 갖춘 2층짜리 집들이 즐비한 곳으로 조용하고 깔끔한 모습이 인상적이었다.

▲ 외할머니(차인재 지사)의 많은 자료들을 보여주며 설명하는 윤 패트리셔 씨, 영어로 통역을 해준 이지영 씨, 글쓴이(시계 반대방향으로)

차인재 지사의 외손녀인 윤 패트리셔 씨는 외할머니 이야기를 실타래 풀듯 술술 들려주었다. 방문 전에 글쓴이는 전화로 미국에서 활동한 여성독립운동가에 대한 유적과 후손들을 만나기 위해 한국에서 왔다고 밝히고 외할머니에 대한 이야기를 해줄 수 있느냐고 물었다. 그랬더니 "외할머니 사진은 제가 많이 가지고 있습니다만 외할머니에 대한 이야기는 많이 해드릴게 없습니다. 취재에 도움이 될지 모르겠습니다." 라고 해서 내심 걱정하며 찾아갔지만 윤 패트리셔 씨는 생각보다 달변가였다.

▲ 차인재, 임치호 부부 독립운동가는 딸 셋을 낳았다. 왼쪽 첫 번째가 글쓴이와 대담을 한 윤 패트리셔 씨 어머니다.

윤 패트리셔 씨는 집으로 찾아간 글쓴이를 위해 커다란 유리컵에 얼음을 동동 띤 냉수를 내왔는데 유리컵을 테이블 위에 놓자마자 며칠 전 윤 패트리셔 씨의 외할머니와 외할아버지(임치호 지사)가 묻혀있는 LA로즈데일무덤에 다녀와서 찍은 사진을 보여주었다. 그러자 외손녀는 자기도 자주 가보지 못하는 외할머니, 외할아버지 무덤을 다녀왔다며 고맙다는 말을 시작으로 하나둘 외할머니와의 추억에 대한 이야기를 꺼내기 시작했다.

▲ 차인재 지사는 외손녀딸에게 한글 공부를 열심히 시켰다 (앞줄 왼쪽 두 번째가 윤 패트리셔 씨)

이야기는 주로 외할머니가 자신에게 한국말을 배우게 하려고 현지 '국어학교(한국인학교)'에 보낸 이야기, LA에서 식료품 가게를 하던 외할머니가 억척스럽게 부(富)를 일군 이야기, 당시 미국 여자들도 운전하는 사람이 드물던 시절에 운전면허를 따서 손수 운전하던 이야기 등등 외할머니에 대한 이야기를 술술 실타래 풀듯 풀어 놓았다.

한 30여분만 이야기를 나눌 거라고 생각한 대담은 2시간이 넘도록 끝나질 않았다. 이야기를 하다 보니 윤 패트리셔 씨는 독립운동가 외할머니에 대해 "아는 이야기가 없는 게 아니라 말할 기회가 없었던 것" 같았다. 그도 그럴 것이 외할머니(1971년 숨짐)가 살아계실 때 고국에서 글쓴이처럼 독립운동 관련하여 찾아온 사람이 전무했다고 했다.

▲ 미주 흥사단에서 활약하던 차인재 지사 (앞줄 오른쪽에서 네 번째가 차인재 지사)

차인재 지사는 남편 임치호 지사의 성을 따라 미국에서는 임인재로 통하고 있었다. (무덤 표지석에는 림인재) 차인재 지사는 1920년 8월, 25살의 나이로 미국행을 선택했는데 그 계기에 대해서 외손녀인 윤 패트리셔 씨도 잘 알지 못하고 있었다. 그뿐 아니라 외할머니가 이화학당을 나온 것 말고는 한국에서 무엇을 하다 오셨는

지 모른다고 궁금해 했다. 오히려 글쓴이에게 외할머니의 '조선에
서의 삶'을 물었다.

▲ 차인재 지사의 이화학당 시절 모습(앞줄 왼쪽)

　내가 묻고 싶은 말을 되레 후손으로부터 질문을 받은 꼴이다. 차
인재 지사는 이화학당을 나와 수원 삼일학교에서 교사로 근무하
다가 1920년 8월, 돌연 미국행을 택하게 된다. 삼일학교 교사였던
차인재 지사가 갑자기 미국으로 건너간 계기에 대해서는 뚜렷한
기록이 남아있지 않으나 미국행을 택한 정황을 짐작할 수 있는 자
료가 있다. 그 정황이란 다름 아닌 수원의 삼일학교에서 조직한 비
밀결사 조직인 〈구국민단〉에서의 활동이다.

　〈구국민단〉은 당시 박선태(1990, 애족장) 지사가 주도로 활동한
독립운동 단체로 휘문학교에 재학 중이던 박선태 지사는 1919년

9월 독립운동을 위해 중국 상해로 가려다가 삼일학교 교사 이종상을 만나 국내에서 항일투쟁을 펴기로 계획을 변경하고 1920년 6월 20일 비밀결사 〈구국민단〉을 조직했다. 이 조직에서 차인재 지사는 교제부장을 맡았으며 독립신문, 대한민보 등 독립사상에 관련한 신문을 국내에 배포하는 등 주도적으로 독립운동에 참여하였다. 그러나 이 단체를 주도한 박선태 지사는 얼마 되지 않아 일경에 잡히고 만다.

여기서 한 가지 주목할 점은 1920년 8월 20일 〈동아일보〉에 '학생구국단 검거, 휘문 학생 박선태 외 5명, 그 중에는 차인재 등 여학생도 4명 포함' 이란 제목의 기사 내용이다. 이 기사에는 당시 〈구국민단〉에 깊숙이 관여한 인물들의 검거 소식이 적혀있는데 기록을 보면 차인재 지사는 교제부장으로 되어 있으며 "본년7월래도미(本年7月來渡美)" 라고 적혀있다. 궁금한 것은 바로 이 대목 '본년7월래도미(本年7月來渡美)' 라는 부분이다.

차인재 지사가 검거되기 전에 7월에 미국으로 건너갔다는 것인지, 7월에 검거되어 구류를 살고 8월에 건너갔다는 것인지 이 부분에 대해서는 좀 더 확인을 해야 할 것이라고 본다. 이러한 사항을 윤패트리셔 씨가 알고 있었다면 좋을 텐데 외할머니(차인재 지사)는 전혀 고국에 대한 이야기를 하지 않으셨다고 한다.

한편 차인재 지사가 미국에 건너가 바로 활동한 기사가 1921년 4월 7일치 미국에서 발행하는 〈신한민보〉에 실려 있어 첫발을 디딘 미국에서의 생활을 어렴풋이나마 이해할 수 있다. 이 기사는 '임치호씨 부인 교육 열심' 이라는 제목으로 차인재 지사는 당시 캘리포니아 맥스웰에 살았으며 교포자녀들을 위해 '국어(조선어) 학교 교실' 을 만들어 교육한 것으로 소개하고 있다.

유달리 차인재 지사는 '국어(조선어)교육'에 열의를 보였는데 그것은 딸과 손녀인 윤 패트리셔 씨에게도 고스란히 전해져 8살 무렵 어린 윤 패트리셔는 한글을 읽고 쓰는 교육을 받았다고 했다. 그러나 이후 지속적으로 한국어 공부를 이어가지 못한 윤패트리셔 씨는 미국대학에서 약학을 전공하여 약사로 한평생을 지내느라 한국어는 8살 때 배운 실력에서 멈추어 있었다. 통역 없이는 독립운동가 후손과 올바른 의사소통이 불가능한 것이 동포 2세, 3세의 현실이고 보면 안타깝기 짝이 없다. 이날 통역은 샌디에이고에서 교사로 있는 이지영 씨 맡아 수고해주었다.

"외할머니는 이 집안에 태어나는 자손들이 돌(1살)을 맞이할 때는 언제나 한복을 입히라고 했습니다. 한국의 문화를 이어가길 바라신 거지요. 어려운 이민자의 삶속에서 외할머니는 식료품 가게 등을 경영하면서도 조국의 광복을 위해 독립기금을 내시고 국어교육을 실천하시는 등 강인한 정신력으로 한 평생을 사셨습니다. 나는 그런 외할머니가 존경스럽습니다."

윤 패트리셔 씨는 차인재 외할머니에 대한 이야기를 듣겠다고 찾아간 글쓴이를 만나 마음속에 담아왔던 그간의 회한을 쏟느라 시간가는 줄 모르고 있었다. 대담을 마치고는 집안 거실에 놓인 2단짜리 반닫이 등 집안 구석구석에 장식해 둔 한국 물건에 대해 일일이 설명해주었다. 윤 패트리셔 씨는 "지금은 외할머니도 어머니도 모두 돌아가시고 저 역시 칠순의 나이가 되었지만 외할머니는 저의 정체성을 깨닫게 해준 뿌리임을 잊지 않고 있다."고 말했다. 윤 패트리셔 씨와의 만남은 글쓴이에게도 뜻깊은 시간이었다.

윤 패트리셔 씨의 외할머니 차인재 지사는 1924년 대한인국민회 맥스웰지방회 학무원(學務員), 1933년 대한여자애국단 로스앤젤레스지부 부단장, 1935년 서기, 1936년 재무 및 여자청년회 서기로 활동하였다. 또한 1941년부터 이듬해까지는 대한인국민회 로스앤젤레스지방회 교육위원, 1942년 대한여자애국단 총부 위원, 1943년 대한인국민회 로스앤젤레스지방회 집행위원 및 총무, 1944년 대한여자애국단 로스앤젤레스지부 회장으로 활동하였다.

▲ 글쓴이는 2018년 8월 8일, 로스앤젤레스 외곽에 있는 로즈데일무덤에 묻혀있는 차인재(림인재), 임치호(림치호) 부부 무덤을 찾아가 헌화했다.

그 뒤에도 1944년 재미한족연합위원회 선전과장, 1945년 대한여자애국단 로스앤젤레스지부 위원 및 대한인국민회 로스앤젤레스지방회 총무, 재미한족연합위원회 군자금 모금 위원으로 활동하면서 1922년부터 1945년까지 여러 차례 독립운동자금을 지원하였다. 이러한 공로를 인정받아 차인재 지사는 2018년 정부로부터 건국훈장 애족장을 추서 받았다. 한편 남편인 임치호 지사 역시 1908년부터 미국에서 독립운동을 한 공로를 인정받아 2017년 애족장을 추서 받은 부부 독립운동가다. 이 부부는 로스앤젤레스 외곽에 있는 로즈데일무덤에 잠들어 있다.

▲ 집안에는 온통 외할머니(차인재 지사)와 관련된 사진을 걸어두고 기념하고 있었다.

대담을 마치고 나오는 차인재 지사의 외손녀가 사는 헌팅턴비치의 주택가는 이미 어두워져 있었다. 대문 밖까지 나와 고국에서 찾아온 글쓴이의 손을 놓지 않던 윤 패트리셔 씨의 따뜻한 마음을 뒤로 하고 LA코리아타운의 숙소로 돌아오는 차 안에서 "외할머니의 이 많은 사진을 어떻게 했으면 좋을지 모르겠습니다." 라고 하던 외손녀의 말이 생각났다. 그렇다고 말도 안 통하는 상태에서 내가 두터운 앨범을 받아 올 수도 없는 노릇이었다. 가장 좋은 것은 국가보훈처에서 독립운동가의 2세, 3세 집에 보관되어 있는 수많은 사진과 자료를 기증받아 보관 정리하면 좋겠다는 생각을 해보았다.

* 이 글은 2018년 8월 17일, 〈우리문화신문〉에 실린 글임.

오방기 속에 감춘 태극기 함성

함용환

하늘의 기운
미리 알아차리고
간악한 일제 만행에 맞서
삼도교 신도를 이끈 임

오방기에
태극기 몰래 감춰
시퍼런 감시 뚫고
조선총독부 앞에 서서
사악한 일제를 호령하였네

그 거사
탄로나 철창에 갇혀서도
광복의 푸르른 꿈
놓지 않고
굳세게 지켜냈어라.

함용환 지사

* 오방기는 삼도교의 기(旗)로 태극기를 오방기
  속에 숨겨 만세시위에 참여함.

함용환 (咸用煥, 1895.3.10. ~ 모름) 애국지사

함용환 지사는 황해도 연백군 운산면 호산리에서 태어나 14살 때 김문오에게 시집갔는데 1932년 2월 신의 계시를 받고 신으로부터 신통력을 부여받았다. 그러던 중 남편 김문오가 1934년 1월 26일 해주지방법원에 해주연초 전매령 위반죄로 벌금 5원이 부과되자 분개하여 일제 침략을 저주하게 되었다. 함용환 지사는 1934년 12월, 강원도 회양군 장양면 병이무지리(竝伊武只里)에서 유불선을 어우르는 삼도교(三道敎)라는 종교를 만들어 조선독립을 꾀하는 일에 앞장서게 되었다. 그 뒤 1936년 12월과 1937년 3월 서울에서 천도교와 삼도교가 함께 만세시위를 연대할 것을 꾀하였다. 그리하여 삼도교 교도와 함께 조선총독부 앞 광장에서 독립만세운동을 계획하고 실행에 옮기려다가 잡혀 들어갔다.

이에 앞서 함용환 지사는 1936년 9월 16일, 삼도교도의 힘만으로는 조선독립의 달성이 불가능하다고 판단하여 3·1만세운동 당시 중심세력인 천도교도의 협력을 구할 필요가 있다는 뜻에서 삼도교도의 천도교 입교를 재촉하였다. 1936년 12월 20일 무렵 함용환 지사는 엄주현과 함께 서울 돈암정 천도교 중앙교회의 장로 최준모를 찾아가 조선총독부 뜰 앞에서 '조선독립만세'를 부를 것을 제의하면서 천도교도 이에 합류할 것을 요청하였다.

함용환 지사는 1937년 1월 하순 김홍섭·김홍진 등과 모여, 3월 9일 정오에 오방기(五方旗)를 앞세워 시위 계획을 협의하는 등 교도들과 시위 준비를 마치고, 만세시위를 위해 대기하다가 일경에 들켜 종로경찰서에 잡혀 들어갔다. 이 일로 함용환 지사는 1937년 7월 19일 경성복심법원에서 이른바 치안유지법 위반으로 징역 2

년을 선고 받고 서대문형무소에서 옥고를 치렀다.

정부는 고인의 공훈을 기리어 2014년에 건국훈장 애족장을 추서하였다.

🔍 더보기

조선총독부 앞에서 삼도교 신자의 만세시위 계획

함용환 지사가 만든 종교인 삼도교는 천도교도들과 힘을 합쳐 1937년 3월 9일 조선총독부 앞에서 만세시위를 벌이기로 했다. 이에 동조한 사람들은 삼도교 신자인 김홍섭(2014. 애족장), 김홍진(2014. 애족장), 김홍렬(2014. 애족장), 김홍식(2014. 애족장)등이었는데 이들은 서로 형제간이었다. 또한 이들과 종형제인 김홍권(2014. 애족장)과 김홍섭의 매제인 이병렬(2014. 애족장) 등이 합세하여 만세시위를 계획하였다.

함용환 지사는 1937년 1월 하순 쯤 이들에게 "조선독립의 목적 달성을 위하여 우리들 삼도교도는 오는 3월 9일 조선총독부 앞뜰에서 조선독립만세를 삼창할 것인데 3월 5일까지 모두 서울에서 대기하라." 고 지시하였다. 그리하여 2월 6일 무렵 이들은 함용환 지사와 함께 상경하여, 3월 8일 엄주현, 김점손 등과 시위에 사용할 오방기(五方旗)를 만들고, 3월 9일 만세시위를 위해 대기하였으나 그만 일경에 잡히고 말았다.

참고문헌
(가나다순)

책

『간호사의 항일구국운동』 대한간호협회, 박용옥 감수, 2012

『기전80년사』 전주기전여고, 1982

『김마리아: 나는 대한의 독립과 결혼하였다』 박용옥. 홍성사, 2003

『대한민국독립운동공훈사』 김후경·신재홍, 한국민족운동연구소, 1971

『대한민국독립유공인물록』 국가보훈처, 1997

『대한민국임시정부사』 이현희, 집문당, 1982

『대한여자애국단사』 신한민보사, 김운하, 1979

『독립운동사자료집』 7·8·9·10·11·14권, 독립운동사편찬위원회
1973·1974·1983

『독립군의 전투』 신재홍, 민족문화협회, 1980

『동래학원80년지(東萊學園八十年誌)』 동래학원팔십년지편찬위원회 편, 1971

『못잊어 화려강산 : 在美獨立闘爭半世秘史』 곽임대, 대성문화사, 1973

『미국 독립유공자 전집 '애국지사의 꿈'』 민병용, 한인역사박물관, 2015

『미국선교사와 한국근대교육』 한국기독교역사연구소, 2007

『미주이민100년』 한국일보사 출판국, 민병용, 1986

『미주한인사회와 독립운동 = (The)independence movement and its
outgrowth by Korean Americans. 1』 조영근, 차종환, 안기식, 민병수, 정진
철, 잔서, 박상원, 모종태, 민병용, 김복삼, 김영욱, 이광덕, Los Angeles 미주
한인 이민 100주년 남가주기념사업회, 2003

『부산, 역사향기를 찾아서』 부산은행, 2005

『사진으로 보는 대한민국임시정부 1919~1945』 대한민국임시정부기념사업회,
2017

『사진으로 보는 독립운동』상·하, 이규헌 해설, 서문당, 1987

『서간도에 들꽃 피다』(시로 읽는 여성독립운동가) 1~8권, 이윤옥, 도서출판 얼
레빗, 2011~2018

『수피아백년사』 1908~2008, 광주수피아여자중·고등학교, 2008

『숙명 칠십년사』 숙명여자중고등학교 편, 1976

『여성독립운동가 300인 인물사전』 이윤옥, 도서출판 얼레빗, 2018

『여성독립운동사 자료총서〈1〉』 3·1운동 편, 행정자치부 국가기록원, 2016

『운암 김성숙의 생애와 사상』 운암김성숙선생기념사업회 편, 2013

『이화100년사』 이화100년사편찬위원회, 이화여자대학교, 1994

『日帝侵略史韓國36年史(國史編纂委員會)』제5권~13권 독립운동사편찬위원회

『재미한인오십년사』 캘리포니아, 김원용, 1959

『정신백년사』 정신백년사출판위원회, 1989

『조국을 찾기까지』(1905-1945 韓國女性活動秘話) 上, 中, 下, 최은희, 탐구당,
1973

『추계 최은희 전집』 1~3, 최은희, 최은희여기자상 관리위원회, 1991

『한국근대여성사 : 1905~1945 조국을 찾기까지. 상, 중, 하』 최은희,
최은희여기자상 관리위원회, 2003

『한국근대여성운동사연구』 박용옥, 한국정신문화연구원, 1984

『한국근대학생운동조직의 성격변화』 조동걸, 지식산업사, 1993

『한국기독교여성운동의 역사』 1910년-1945년, 윤정란, 국학자료원, 2003

『韓國獨立運動之血史』, 朴殷植 著, 成進文化社, 1975

『한국독립운동의 진상』 C. W. 켄달 지음, 신복룡 역주, 집문당, 1999

『한국여성독립운동사: 3·1운동 60주년 기념』3·1여성동지회 문화부 편, 3·1여성
동지회, 1980

『항일학생민족운동사연구』 정세현, 서울일지사, 1975

『혁명가들의 항일회상』 '김성숙·장건상·정화암·이강훈의 독립투쟁', 이정식 면담,
김학준 편집·해설, 민음사, 2005

신문

〈곽영선 여성독립운동가〉 인터넷신문 우리문화신문 2018. 9. 23

〈김경화 여성독립운동가〉 인터넷신문 우리문화신문 2018. 10. 10

〈김낙희 지사〉 신한민보.1914.5.7

〈김신희 지사〉 신한민보.1919.6.7

〈김연실 지사〉 신한민보.1920.5.28

〈감리교회 여성들의 독립운동과 무장투쟁 : 비밀결사 평양 대한 애국부인회를 중심으로〉 노종해 목사, 기독교인터넷신문 〈당당뉴스〉 2017. 4. 4

〈내지(조선)의 독립단 소식 가운데 전주, 광주, 임실, 남원의 독립운동〉 신한민보.1919.5.6

〈대동단원 검거〉 동아일보.1920.6.20

〈박연이 지사가 다닌 부산 일신학교〉 인터넷신문 우리문화신문, 2017. 11.10

〈신마실라 지사〉 신한민보.1919.7.26

〈일제가 날조한 105인 사건에 연루된 김순도 지사〉 신한민보. 1912. 7. 15

〈전주 기전여학교 여학생들의 만세운동〉 신한민보.1919.6.7

〈차인재 여성독립운동가〉 인터넷신문 우리문화신문 2018.8.17

잡지와 논문

「배화여고보 '졸업기념사진첩'으로 본 일제 강점기 여학교의 일상과 식민지 근대」 김명숙, 한국사상문화학회 제88집, 2017

「김성숙의 생애와 독립운동」 이동언, 〈대각사상〉 제16집, 대한불교조계종 대각회 대각출판부, 2011

「대한민국 애국부인회의 항일 독립역군들 (전자자료)」 : 제22회 한국여성독립운동사 학술연구발표회, 3·1여성동지회. 2016

「백일규의 민족운동과 안창호」 홍선표, 『도산학연구』, 제11.12집, 2007

「식민지 시기 '애국부인회조선본부'의 단체 활동에 관한 연구」 박윤하 석사학위논문, 충남대학교 대학원, 2018. 8

「일제강점기 여성 간호인의 독립운동에 관한 역사연구」 김려화, 김미영, 대한간
　호행정학회, 간호행정학지 제20권, 2호, 2014

「일제강점기 여학생 독립운동의 재조명」 강대덕, 백석대학교 유관순연구소, 〈유관
　순연구〉 제21호. 2016

「하와이 한인 여성단체와 사진신부의 독립운동」 홍윤정, 『여성과 역사』 제26집.
　2014

「하와이 한인 移民과 독립운동 연구」 오인철, 『비평문학』 12월, 1998

「호주 장로선교회의 부산 일신여학교 설립과 그 진전」 부산지방교육사 연구 I,
　한국교육사상연구회 〈교육사상연구〉 8집, 1999. 2

「초기도미 이민자의 미국사회 자리잡기와 이중의 정체성」 장규식, 『역사민속학』
　제46호, 2013

「1920년대 초 항일부녀단체 지도층형성과 사상」 박용옥, 『역사학보』 69호, 1976

「친일파 되어 여생 누리다 : 3·1운동 가담자 지원하며 독립운동 앞장선 오현주」, 〈
　한겨레21〉. 통권1199호, 한겨레신문사, 2018.2.12

인터넷

공훈전자사료관　　　　　　　　　http://e-gonghun.mpva.go.kr
국사편찬위원회 한국사데이터베이스　http://db.history.go.kr
국회전자도서관　　　　　　　　　http://www.nanet.go.kr
대한인국민회기념재단　　　　　　https://knamf.org
독립운동관련 판결문　　　　　　　http://theme.archives.go.kr
부산문화역사대전　　　　　　　　http://busan.grandculture.net
한국역대인물종합시스템　　　　　http://people.aks.ac.kr
한국위키피디어　　　　　　　　　http://ko.wikipedia.org
한국학중앙연구원　　　　　　　　http://encykorea.aks.ac.kr

부록 1 이달의 독립운동가

1992년 1월 1일부터 ~ 2018년 12월까지

연도	1월	2월	3월	4월	5월	6월	7월	8월	9월	10월	11월	12월
1992	김상옥	편강렬	손병희	윤봉길	이상룡	지청천	이상재	서 일	신규식	이봉창	이회영	나석주
1993	최익현	조만식	황병길	노백린	조명하	윤세주	나 철	**남자현**	이인영	이장녕	정인보	오동진
1994	이원록	임병찬	한용운	양기탁	신팔균	백정기	이 준	양세봉	안 무	조성환	김학규	남궁억
1995	김지섭	최팔용	이종일	민필호	이진무	장진홍	전수용	김 구	차이석	이강년	이진룡	조병세
1996	송종익	신채호	신석구	서재필	신익희	유일한	김하락	박상진	홍 진	정인승	전명운	정이형
1997	노응규	양기하	박준승	송병조	김창숙	**김순애**	김영란	박승환	이남규	김약연	정태진	남정각
1998	신언준	민긍호	백용성	황병학	김인전	이원대	**김마리아**	안희제	장도빈	홍범도	신돌석	이윤재
1999	이의준	송계백	**유관순**	박은식	이범석	이은찬	주시경	김홍일	양우조	안중근	강우규	김동식
2000	유인석	노태준	김병조	이동녕	양진여	이종건	김한종	홍범식	오성술	이범윤	장태수	김규식
2001	기삼연	윤세복	이승훈	유림	안규홍	나창헌	김승학	**정정화**	심 훈	유 근	민영환	이재명
2002	곽재기	한 훈	이필주	김 혁	송학선	민종식	안재홍	남상덕	고이허	고광순	신 숙	장건상
2003	김 호	김중건	유여대	이시영	문일평	김경천	채기중	**권기옥**	김태원	기산도	오강표	최양옥
2004	허 위	김병로	오세창	이 강	**이애라**	문양목	권인규	홍학순	최재형	조시원	장지연	오의선
2005	**최용신**	최석순	김복한	이동휘	한성수	김동삼	채응언	안창호	조소앙	김좌진	황 현	이상설
2006	유자명	이승희	신홍식	엄항섭	**박차정**	곽종석	강진원	박 열	현익철	김 철	송병선	이명하
2007	임치정	김광제 서상돈	권동진	손정도	**조신성**	이위종	구춘선	정환직	박시창	권득수	주기철	윤동주
2008	양한묵	문태수	장인환	김성숙	박재혁	김원식	안공근	유동열	**윤희순**	유동하	남상목	박동완
2009	우재룡	김도연	홍병기	윤기섭	양근환	윤병구	**박자혜**	박찬익	이종희	안명근	장석천	계봉우
2010	방 한	민김상덕	차희식	염온동	**오광심**	김익상	이광민	이중언	권 준	최현배	심남일	백일규
2011	신현구	강기동	이종훈	조완구	**어윤희**	조병준	홍 언	이범진	나태섭	김규식	문석봉	김종진
2012	이 갑	김석진	홍원식	김대지	**지복영**	김법린	여 준	이만도	김동수	이희승	이석용	현정권
2013	이민화	한상렬	양전백	김봉준	**차경신**	김원국 김원범	헐버트	강영소	황학수	이성구	노병대	원심창
2014	김도현	구연영	전덕기	연병호	**방순희**	백초월	최중호	베 델	나월환	한 징	이경채	오면직
2015	황상규	이수흥	박인호	조지루 이스쇼	**안경신**	류인식	송헌주	연기우	이준식	이 탁	이 설	문창범
2016	조희제	한시대	스코필드	오영선	문창학	안승우	**이신애**	채광묵 채규대	나중소	나운규	이한응	최수봉
2017	이소응	이태준	권병덕	이상정	방정환	장덕준	**조마리아**	김수만	고운기	채상덕	이근주	김치보
2018	조지애쉬 모어피치	김규면	김원벽	윤현진	신건식 **오건해**	이대위	**연미당**	김교헌	최용덕	현천묵	조경환	유상근

※ 밑줄 그은 고딕 글씨는 여성독립운동가임

이름	한자	태어난날	숨진날	서훈일	훈격	독립운동계열
가네코 후미코	金子文子	1903.1.25	1926.7.23	2018	애국장	일본방면
강원신	康元信	1887	1977	1995	애족장	미주방면
강주룡	姜周龍	1901	1932.6.13	2007	애족장	국내항일
강혜원	康蕙園	1886.11.21	1982.5.31	1995	애국장	미주방면
강화선	康華善	1904.3.27	1979.10.16	2018	대통령표창	3·1운동
고수복	高壽福	1911	1933.7.28	2010	애족장	국내항일
고수선	高守善	1898.8.8	1989.8.11	1990	애족장	임시정부
고순례	高順禮	1911	모름	1995	건국포장	학생운동
공백순	孔佰順	1919.2.4	1998.10.27	1998	건국포장	미주방면
곽낙원	郭樂園	1859.2.26	1939.4.26	1992	애국장	중국방면
곽영선	郭永善	1902.3.1	1980.4.8	2018	애족장	3·1운동
곽진근	郭鎭根	1861	모름	1995	대통령표창	3·1운동
곽희주	郭喜主	1903.10.2	모름	2012	대통령표창	학생운동
구순화	具順和	1896.7.10	1989.7.31	1990	애족장	3·1운동
권기옥	權基玉	1903.1.11	1988.4.19	1977	독립장	중국방면
권애라	權愛羅	1897.2.2	1973.9.26	1990	애국장	3·1운동
권영복	權永福	1878.2.28	1965.4.4	2015	건국포장	미주방면
김건신	金健信	1868	모름	2018	대통령표창	국내항일
김경순	金敬順	1900.5.3	모름	2016	대통령표창	3·1운동
김경신	金敬信	1861	모름	2018	대통령표창	국내항일
김경화	金敬和	1901.7.18	모름	2018	대통령표창	학생운동
김경희	金慶喜	1888	1919.9.19	1995	애국장	국내항일
김계정	金桂正	1914.1.3	모름	2018	대통령표창	국내항일
김공순	金恭順	1901.8.5	1988.2.4	1995	대통령표창	3·1운동
김귀남	金貴南	1904.11.17	1990.1.13	1995	대통령표창	학생운동
김귀선	金貴先	1913.12.19	2005.1.26	1993	건국포장	학생운동
김금연	金錦嬿	1911.8.16	2000.11.4	1995	건국포장	학생운동
김나열	金羅烈	1907.4.16	2003.11.1	2012	대통령표창	학생운동
김나현	金羅賢	1902.3.23	1989.5.11	2005	대통령표창	3·1운동
김낙희	金樂希	1891	1967	2016	건국포장	미주방면

이름	한자	태어난날	숨진날	서훈일	훈격	독립운동계열
김난줄	金蘭茁	1904.6.1	1983.7.15	2015	대통령표창	3·1운동
김대순	金大順	1907	모름	2018	건국포장	미주방면
김덕세	金德世	1894.12.28	1977.5.5	2014	대통령표창	미주방면
김덕순	金德順	1901.8.8	1984.6.9	2008	대통령표창	3·1운동
김도연	金道演	1894.1.28.	1987.8.12	2016	건국포장	미주방면
김독실	金篤實	1897.9.24	1944.11.3	2007	대통령표창	3·1운동
김두석	金斗石	1915.11.17	2004.1.7	1990	애족장	문화운동
김락	金洛	1863.1.21	1929.2.12	2001	애족장	3·1운동
김마리아	金馬利亞	1903.9.5	1970.12.25	1990	애국장	만주방면
김마리아	金瑪利亞	1892.6.18	1944.3.13	1962	독립장	국내항일
김마리아	金瑪利亞	1903.3.1	모름	2018	대통령표창	학생운동
김반수	金班守	1904.9.19	2001.12.22	1992	대통령표창	3·1운동
김병인	金秉仁	1915.6.2	2012	2017	애족장	중국방면
김복선	金福善	1901.7.27	모름	2015	대통령표창	3·1운동
김봉식	金鳳植	1915.10.9	1969.4.23	1990	애족장	광복군
김봉애	金奉愛	1901.11.18	모름	2015	대통령표창	3·1운동
김석은	金錫恩	모름	모름	2018	대통령표창	미주방면
김성심	金誠心	1883	모름	2013	애족장	국내항일
김성일	金聖日	1898.2.17	1961	2010	대통령표창	3·1운동
김수현	金秀賢	1898.6.9	1985.3.25	2017	애족장	중국방면
김숙경	金淑卿	1886.6.20	1930.7.27	1995	애족장	만주방면
김숙영	金淑英	1920.5.22	2005.12.13	1990	애족장	광복군
김순도	金順道	1891	1928	1995	애족장	중국방면
김순실	金淳實	1903	모름	2018	대통령표창	3·1운동
김순애	金淳愛	1889.5.12	1976.5.17	1977	독립장	임시정부
김순이	金順伊	1903.7.18	1919.9.6	2014	애국장	3·1운동
김신희	金信熙	1899.4.16	1993.4.23	2010	대통령표창	3·1운동
김씨	金氏	1899	1919.4.15	1991	애족장	3·1운동
김씨	金氏	1877.10.13	1919.4.15	1991	애족장	3·1운동
김안순	金安淳	1900.3.24	1979.4.4	2011	대통령표창	3·1운동
김알렉산드라	숖알렉산드라	1885.2.22	1918.9.16	2009	애국장	노령방면
김양선	金良善	1880	모름	2018	대통령표창	국내항일
김애련	金愛蓮	1902.8.30	1996.11.5	1992	대통령표창	3·1운동
김연실	金蓮實	1898.1.16	모름	2015	건국포장	미주방면
김영순	金英順	1892.12.17	1986.3.17	1990	애족장	국내항일
김영실	金英實	모름	1945.10	1990	애족장	광복군
김오복	金五福	1897	모름	2018	대통령표창	국내항일

이름	한자	태어난날	숨진날	서훈일	훈격	독립운동계열
김옥련	金玉連	1907. 9. 2	2005.9.4	2003	건국포장	국내항일
김옥선	金玉仙	1923.12. 7	1996.4.25	1995	애족장	광복군
김옥실	金玉實	1906.11.18	1926.6.2	2012	대통령표창	학생운동
김온순	金溫順	1898.3.23	1968.1.31	1990	애족장	만주방면
김용복	金用福	1890	모름	2013	애족장	국내항일
김원경	金元慶	1898.11.13	1981.11.23	1990	애족장	임시정부
김윤경	金允經	1911. 6.23	1945.10.10	1990	애족장	임시정부
김응수	金應守	1901. 1.21	1979. 8.18	1995	대통령표창	3·1운동
김인애	金仁愛	1898.3.6	1970.11.20	2009	대통령표창	3·1운동
김자혜	金慈惠	1884.9.22	1961.11.22	2014	건국포장	미주방면
김점순	金点順	1861. 4.28	1941. 4.30	1995	대통령표창	국내항일
김정숙	金貞淑	1916. 1.25	2012.7.4	1990	애국장	광복군
김정옥	金貞玉	1920. 5. 2	1997.6.7	1995	애족장	광복군
김조이	金祚伊	1904.7.5	모름	2008	건국포장	국내항일
김종진	金鍾振	1903. 1.13	1962. 3.11	2001	애족장	3·1운동
김죽산	金竹山	1891	모름	2013	대통령표창	만주방면
김추신	金秋信	1908	모름	2018	건국포장	국내항일
김치현	金致鉉	1897.10.10	1942.10. 9	2002	애족장	국내항일
김태복	金泰福	1886	1933.11.24	2010	건국포장	국내항일
김필수	金必壽	1905.4.21	1972.12.4	2010	애족장	국내항일
김해중월	金海中月	모름	모름	2015	대통령표창	3·1운동
김향화	金香花	1897.7.16	모름	2009	대통령표창	3·1운동
김현경	金賢敬	1897. 6.20	1986.8.15	1998	건국포장	3·1운동
김화순	金華順	1894.9.21	모름	2016	대통령표창	3·1운동
김화용	金花容	모름	모름	2015	대통령표창	3·1운동
김화자	金花子	1897	모름	2018	대통령표창	국내항일
김효숙	金孝淑	1915. 2.11	2003.3.24	1990	애국장	광복군
김효순	金孝順	1902.7.23	모름	2015	대통령표창	3·1운동
나은주	羅恩周	1890. 2.17	1978. 1. 4	1990	애족장	3·1운동
남자현	南慈賢	1872.12.7	1933.8.22	1962	대통령장	만주방면
남협협	南俠俠	1913	모름	2013	건국포장	학생운동
노보배	盧寶培	1910	모름	2018	대통령표창	학생운동
노순경	盧順敬	1902.11.10	1979. 3. 5	1995	대통령표창	3·1운동
노영재	盧英哉	1895. 7.10	1991.11.10	1990	애국장	중국방면
노예달	盧禮達	1900.10.12	모름	2014	대통령표창	3·1운동
동풍신	董豊信	1904	1921.3.15	1991	애국장	3·1운동
두쥔훼이	杜君慧	1904	1981	2016	애족장	독립운동지원

이름	한자	태어난날	숨진날	서훈일	훈격	독립운동계열
문복금	文卜今	1905.12.13	1937. 5.22	1993	건국포장	학생운동
문복숙	文福淑	1901. 3. 8	모름	2018	대통령표창	3·1운동
문응순	文應淳	1900.12.4	모름	2010	건국포장	3·1운동
문재민	文載敏	1903. 7.14	1925.12.	1998	애족장	3·1운동
미네르바 구타펠	M.L. Guthapfel	1873	1942	2015	건국포장	미주방면
민영숙	閔泳淑	1920.12.27	1989.3.17	1990	애국장	광복군
민영주	閔泳珠	1923.8.15	생존	1990	애국장	광복군
민옥금	閔玉錦	1905. 9. 5	1988.12.25	1990	애족장	3·1운동
박계남	朴繼男	1910. 4.25	1980. 4.27	1993	건국포장	학생운동
박금녀	朴金女	1926.10.21	1992.7.28	1990	애족장	광복군
박기은	朴基恩	1925. 6.15	2017.1.7	1990	애족장	광복군
박복술	朴福述	1903.8.30	모름	2012	대통령표창	학생운동
박성순	朴聖淳	1901.4.12	모름	2016	대통령표창	3·1운동
박성희		1911	모름	2018	대통령표창	3·1운동
박순애	朴順愛	1900.2.2	모름	2014	대통령표창	3·1운동
박승일	朴昇一	1896.9.19	모름	2013	애족장	국내항일
박시연	朴時淵	모름	모름	2018	애족장	3·1운동
박신애	朴信愛	1889. 6.21	1979. 4.27	1997	애족장	미주방면
박신원	朴信元	1872	1946. 5.21	1997	건국포장	만주방면
박양순	朴良順	1903.4.13	모름	2018	대통령표창	학생운동
박애순	朴愛順	1896.12.23	1969. 6.12	1990	애족장	3·1운동
박연이	朴連伊	1900.2.20	1945.4.7	2015	대통령표창	3·1운동
박영숙	朴永淑	1891.7.20	1965	2017	건국포장	미주방면
박옥련	朴玉連	1914.12.12	2004.11.21	1990	애족장	학생운동
박우말례	朴又末禮	1902.3.13	1986.12.7	2011	대통령표창	3·1운동
박원경	朴源炅	1901.8.19	1983.8.5	2008	애족장	3·1운동
박원희	朴元熙	1898.3.10	1928.1.15	2000	애족장	국내항일
박은감	朴恩感	1857	모름	2018	대통령표창	국내항일
박음전	朴陰田	1907.4.14	모름	2012	대통령표창	학생운동
박자선	朴慈善	1880.10.27	모름	2010	애족장	3·1운동
박자혜	朴慈惠	1895.12.11	1944.10.16	1990	애족장	국내항일
박재복	朴在福	1918.1.28	1998.7.18	2006	애족장	국내항일
박정금		모름	모름	2018	애족장	미주방면
박정선	朴貞善	1874	모름	2007	애족장	국내항일
박정수	朴貞守	1901.3.8	모름	2015	대통령표창	3·1운동
박차정	朴次貞	1910. 5. 7	1944. 5.27	1995	독립장	중국방면

이름	한자	태어난날	숨진날	서훈일	훈격	독립운동계열
박채희	朴采熙	1913.7.5	1947.12.1	2013	건국포장	학생운동
박치은	朴致恩	1886. 6.17	1954.12. 4	1990	애족장	국내항일
박하경	朴夏卿	1904.12.29	모름	2018	대통령표창	학생운동
박현숙	朴賢淑	1896.10.17	1980.12.31	1990	애국장	국내항일
박현숙	朴賢淑	1914.3.28	1981.1.23	1990	애족장	학생운동
방순희	方順熙	1904.1.30	1979.5.4	1963	독립장	임시정부
백신영	白信永	1889.7.8	모름	1990	애족장	국내항일
백옥순	白玉順	1913.7.30	2008.5.24	1990	애족장	광복군
백운옥	白雲玉	1892.1.14	모름	2017	대통령표창	국내항일
부덕량	夫德良	1911.11.5	1939.10.4	2005	건국포장	국내항일
부춘화	夫春花	1908. 4. 6	1995. 2.24	2003	건국포장	국내항일
성혜자	成惠子	1904.8.27	모름	2018	대통령표창	학생운동
소은명	邵恩明	1905.6.12	모름	2018	대통령표창	학생운동
소은숙	邵恩淑	1903.11.7	모름	2018	대통령표창	학생운동
송금희	宋錦姬	모름	모름	2015	대통령표창	3·1운동
송명진	宋明進	1902.1.28	모름	2015	대통령표창	3·1운동
송미령	宋美齡	1897.3.5	2003.10.23	1966	대한민국장	독립운동지원
송성겸	宋聖謙	1877	모름	2018	건국포장	국내항일
송수은	宋受恩	1882.9.12	1922.7.5	2013	대통령표창	국내항일
송영집	宋永潗	1910. 4. 1	1984.5.14	1990	애국장	광복군
송정헌	宋靜軒	1919.1.28	2010.3.22	1990	애족장	중국방면
신경애	申敬愛	1907.9.22	1964.5.13	2008	건국포장	국내항일
신관빈	申寬彬	1885.10.4	모름	2011	애족장	3·1운동
신마실라	申麻實羅	1892.2.18	1965.4.1	2015	대통령표창	미주방면
신분금	申分今	1886.5.21	모름	2007	대통령표창	3·1운동
신순호	申順浩	1922. 1.22	2009.7.30	1990	애국장	광복군
신의경	辛義敬	1898. 2.21	1997.8.11	1990	애족장	국내항일
신정균	申貞均	1899	1931.7	2007	건국포장	국내항일
신정숙	申貞淑	1910. 5.12	1997.7.8	1990	애국장	광복군
신정완	申貞婉	1916. 4. 8	2001.4.29	1990	애국장	임시정부
신창희	申昌喜	1906.2.22	1990.6.21	2018	건국포장	중국방면
신특실	申特實	1900.3.17	모름	2014	건국포장	3·1운동
심계월	沈桂月	1916.1.6	모름	2010	애족장	국내항일
심순의	沈順義	1903.11.13	모름	1992	대통령표창	3·1운동
심영식	沈永植	1896.7.15	1983.11.7	1990	애족장	3·1운동
심영신	沈永信	1882.7.20	1975. 2.16	1997	애국장	미주방면
안경신	安敬信	1888.7.22	모름	1962	독립장	만주방면

이름	한자	태어난날	숨진날	서훈일	훈격	독립운동계열
안맥결	安麥結	1901.1.4	1976.1.14	2018	건국포장	국내항일
안애자	安愛慈	1869	모름	2006	애족장	국내항일
안영희	安英姬	1925.1.4	1999.8.27	1990	애국장	광복군
안옥자	安玉子	1902.10.26	모름	2018	대통령표창	학생운동
안인대	安仁大	1898.10.11	모름	2017	애족장	국내항일
안정석	安貞錫	1883.9.13	모름	1990	애족장	국내항일
안희경	安喜敬	1902.8.10	모름	2018	대통령표창	학생운동
양방매	梁芳梅	1890.8.18	1986.11.15	2005	건국포장	의병
양순희	梁順喜	1901.9.9	모름	2016	대통령표창	3·1운동
양제현	梁齊賢	1892	1959.6.15	2015	애족장	미주방면
양진실	梁眞實	1875	1924.5	2012	애족장	국내항일
어윤희	魚允姬	1880.6.20	1961.11.18	1995	애족장	3·1운동
엄기선	嚴基善	1929.1.21	2002.12.9	1993	건국포장	중국방면
연미당	延薇堂	1908.7.15	1981.1.1	1990	애국장	중국방면
오건해	吳健海	1894.2.29	1963.12.25	2017	애족장	중국방면
오광심	吳光心	1910.3.15	1976.4.7	1977	독립장	광복군
오신도	吳信道	1852.4.18	1933.9.5	2006	애족장	국내항일
오영선	吳英善	1887.4.29	1961.2.8	2016	애족장	중국방면
오정화	吳貞嬅	1899.1.25	1974.11.1	2001	대통령표창	3·1운동
오항선	吳恒善	1910.10.3	2006.8.5	1990	애국장	만주방면
오희영	吳姬英	1924.4.23	1969.2.17	1990	애족장	광복군
오희옥	吳姬玉	1926.5.7	생존	1990	애족장	중국방면
옥순영	玉淳永	1856	모름	2018	대통령표창	국내항일
옥운경	玉雲瓊	1904.6.24	모름	2010	대통령표창	3·1운동
왕경애	王敬愛	1863	모름	2006	대통령표창	3·1운동
유관순	柳寬順	1902.12.16	1920.9.28	1962	독립장	3·1운동
유순희	劉順姬	1926.7.15	생존	1995	애족장	광복군
유예도	柳禮道	1896.8.15	1989.3.25	1990	애족장	3·1운동
유인경	俞仁卿	1896.10.20	1944.3.2	1990	애족장	국내항일
유점선	劉點善	1901.11.5	모름	2014	대통령표창	3·1운동
윤경열	尹敬烈	1918.2.29	1980.2.7	1982	대통령표창	광복군
윤선녀	尹仙女	1911.4.18	1994.12.6	1990	애족장	국내항일
윤악이	尹岳伊	1897.4.17	1962.2.26	2007	대통령표창	3·1운동
윤오례	尹五禮	1913.2.12	1992.4.21	2018	대통령표창	학생운동
윤용자	尹龍慈	1890.4.30	1964.2.3	2017	애족장	중국방면
윤찬복	尹贊福	1868.1.5	1946.6.19	1990	애족장	국내항일
윤천녀	尹天女	1908.5.29	1967.6.25	1990	애족장	학생운동

이름	한자	태어난날	숨진날	서훈일	훈격	독립운동계열
윤형숙	尹亨淑	1900.9.13	1950. 9.28	2004	건국포장	3·1운동
윤희순	尹熙順	1860.6.25	1935. 8. 1	1990	애족장	의병
이갑문	李甲文	1913.8.28	모름	2018	건국포장	학생운동
이겸양	李謙良	1895.10.24	모름	2013	애족장	국내항일
이관옥	李觀沃	1875	모름	2018	대통령표창	국내항일
이광춘	李光春	1914.9.8	2010.4.12	1996	건국포장	학생운동
이국영	李國英	1921. 1.15	1956. 2. 2	1990	애족장	임시정부
이금복	李今福	1912.11.8	2010.4.25	2008	대통령표창	국내항일
이남순	李南順	1904.12.30	모름	2012	대통령표창	학생운동
이도신	李道信	1902.2.21	1925.9.30	2015	대통령표창	3·1운동
이동화	李東華	1910	모름	2018	대통령표창	학생운동
이명시	李明施	1902.2.2	1974.7.7	2010	대통령표창	3·1운동
이벽도	李碧桃	1903.10.14	모름	2010	대통령표창	3·1운동
이병희	李丙禧	1918.1.14	2012.8.2	1996	애족장	국내항일
이살눔 (이경덕)	李살눔	1886. 8. 7	1948. 8.13	1992	대통령표창	3·1운동
이석담	李石潭	1859	1930. 5	1991	애족장	국내항일
이선경	李善卿	1902.5.25	1921.4.21	2012	애국장	국내항일
이성례	李聖禮	1884	1963	2015	건국포장	미주방면
이성완	李誠完	1900.12.10	1996.4.4	1990	애족장	국내항일
이소선	李小先	1900.9.9	모름	2008	대통령표창	3·1운동
이소열	李小烈	1898.8.10	1968.10.15	2018	대통령표창	3·1운동
이소제	李少悌	1875.11. 7	1919. 4. 1	1991	애국장	3·1운동
이소희	李昭姬	1886	모름	2016	대통령표창	3·1운동
이수희	李壽喜	1904.10.21	모름	2018	대통령표창	학생운동
이숙진	李淑珍	1900.9.24	모름	2017	애족장	중국방면
이순승	李順承	1902.11.12	1994.1.15	1990	애족장	중국방면
이신애	李信愛	1891.1.20	1982.9.27	1963	독립장	국내항일
이아수	李娥洙	1898. 7.16	1968. 9.11	2005	대통령표창	3·1운동
이애라	李愛羅	1894.1.7	1922.9.4	1962	독립장	만주방면
이옥진	李玉珍	1923.10.18	2003.9.4	1968	대통령표창	광복군
이월봉	李月峰	1915.2.15	1977.10.28	1990	애족장	광복군
이은숙	李恩淑	1889.8.8	1979.12.11	2018	애족장	만주방면
이의순	李義橓	1895	1945. 5. 8	1995	애국장	중국방면
이인순	李仁橓	1893	1919.11	1995	애족장	만주방면
이정숙	李貞淑	1896.3.9	1950.7.22	1990	애족장	국내항일
이태옥	李泰玉	1902.10.15	모름	2016	대통령표창	3·1운동

이름	한자	태어난날	숨진날	서훈일	훈격	독립운동계열
이헌경	李憲卿	1870	1956.1.30	2017	애족장	중국방면
이혜경	李惠卿	1889.2.22	1968.2.10	1990	애족장	국내항일
이혜련	李惠鍊	1884.4.21	1969.4.21	2008	애족장	미주방면
이혜수	李惠受	1891.10.2	1961. 2. 7	1990	애국장	의열투쟁
이화숙	李華淑	1893	1978	1995	애족장	임시정부
이효덕	李孝德	1895.1.24	1978.9.15	1992	대통령표창	3·1운동
이효정	李孝貞	1913.7.28	2010.8.14	2006	건국포장	국내항일
이희경	李희경	1894. 1. 8	1947. 6.26	2002	건국포장	미주방면
임경애	林敬愛	1911.3.10	2004.2.12	2014	대통령표창	학생운동
임메불	林메불	1886	모름	2016	애족장	미주방면
임명애	林明愛	1886.3.25	1938.8.28	1990	애족장	3·1운동
임봉선	林鳳善	1897.10.10	1923. 2.10	1990	애족장	3·1운동
임성실	林成實	1882.7.19	1947.8.30	2015	건국포장	미주방면
임소녀	林少女	1908. 9.24	1971.7.9	1990	애족장	광복군
임수명	任壽命	1894.2.15	1924.11.2	1990	애국장	의열투쟁
임진실	林眞實	1899.8.1	모름	2015	대통령표창	3·1운동
장경례	張慶禮	1913. 4. 6	1998.2.19	1990	애족장	학생운동
장경숙	張京淑	1903. 5.13	1994.12.31	1990	애족장	광복군
장매성	張梅性	1911.6.22	1993.12.14	1990	애족장	학생운동
장선희	張善禧	1894. 2.19	1970. 8.28	1990	애족장	국내항일
장태화	張泰嬅	1878	모름	2013	애족장	만주방면
전수산	田壽山	1894. 5.23	1969. 6.19	2002	건국포장	미주방면
전월순	全月順	1923. 2. 6	2009.5.25	1990	애족장	광복군
전창신	全昌信	1900. 1.24	1985. 3.15	1992	대통령표창	3·1운동
전흥순	田興順	1919.12.10	2005.6.19	1963	대통령표창	광복군
정금자	鄭錦子	모름	모름	2018	대통령표창	학생운동
정막래	丁莫來	1899.9.8	1976.12.24	2008	대통령표창	3·1운동
정복수	鄭福壽	1903	모름	2018	대통령표창	3·1운동
정수현	鄭壽賢	1887	모름	2016	대통령표창	국내항일
정영	鄭瑛	1922.10.11	2009.5.24	1990	애족장	중국방면
정영순	鄭英淳	1921. 9.15	2002.12.9	1990	애족장	광복군
정월라	鄭月羅	1895	1959.1.1	2018	대통령표창	미주방면
정정화	鄭靖和	1900. 8. 3	1991.11.2	1990	애족장	중국방면
정종명	鄭鍾鳴	1896.3.5.	모름	2018	애국장	국내항일
정찬성	鄭燦成	1886. 4.23	1951.7	1995	애족장	국내항일
정현숙	鄭賢淑	1900. 3.13	1992. 8. 3	1995	애족장	중국방면
제영순	諸英淳	1911	모름	2018	건국포장	국내항일

이름	한자	태어난날	숨진날	서훈일	훈격	독립운동계열
조계림	趙桂林	1925.10.10	1965.7.14	1996	애족장	임시정부
조마리아	趙마리아	1862.4.8	1927.7.15	2008	애족장	중국방면
조복금	趙福今	1911.7.7	모름	2018	애족장	국내항일
조순옥	趙順玉	1923. 9.17	1973. 4.23	1990	애국장	광복군
조신성	趙信聖	1873	1953.5.5	1991	애국장	국내항일
조아라	曺亞羅	1912.3.28	2003.7.8	2008	건국포장	국내항일
조애실	趙愛實	1920.11.17	1998.1.7	1990	애족장	국내항일
조옥희	曺玉姬	1901. 3.15	1971.11.30	2003	대통령표창	3·1운동
조용제	趙鏞濟	1898. 9.14	1947. 3.10	1990	애족장	중국방면
조인애	曺仁愛	1883.11. 6	1961. 8. 1	1992	대통령표창	3·1운동
조충성	曺忠誠	1895.5.29	1981.10.25	2005	대통령표창	3·1운동
조화벽	趙和璧	1895.10.17	1975. 9. 3	1990	애족장	3·1운동
주세죽	朱世竹	1899.6.7	1950	2007	애족장	국내항일
주순이	朱順伊	1900.6.17	1975.4.5	2009	대통령표창	국내항일
주유금	朱有今	1905.5.6	1995.9.14	2012	대통령표창	학생운동
지복영	池復榮	1920.4.11	2007.4.18	1990	애국장	광복군
진신애	陳信愛	1900.7. 3	1930.2.23	1990	애족장	3·1운동
차경신	車敬信	1892.2.4	1978.9.28	1993	애국장	만주방면
차미리사	車美理士	1880. 8.21	1955. 6. 1	2002	애족장	국내항일
차보석	車寶錫	1892	1932.3.21	2016	애족장	미주방면
차인재	車仁載	1895.4.26	1971.4.7	2018	애족장	미주방면
채애요라 (채혜수)	蔡愛堯羅	1897.11.9	1978.12.17	2008	대통령표창	3·1운동
최갑순	崔甲順	1898. 5.11	1990.11.22	1990	애족장	국내항일
최금봉	崔錦鳳	1896. 5. 6	1983.11.7	1990	애국장	국내항일
최금수	崔金洙	1899	모름	2018	대통령표창	3·1운동
최문순	崔文順	1903	모름	2018	대통령표창	국내항일
최복길	崔福吉	1894	모름	2018	애족장	국내항일
최복순	崔福順	1911.1.13	모름	2014	대통령표창	학생운동
최봉선	崔鳳善	1904.8.10	1996.3.8	1992	애족장	국내항일
최서경	崔曙卿	1902.3.20	1955.7.16	1995	애족장	임시정부
최선화	崔善嬅	1911.6.20	2003.4.19	1991	애국장	임시정부
최성반	崔聖盤	1914.12.22	모름	2018	대통령표창	학생운동
최수향	崔秀香	1903.1.27	1984.7.25	1990	애족장	3·1운동
최순덕	崔順德	1897	1926. 8.25	1995	애족장	국내항일
최애경	崔愛敬	1902	모름	2018	대통령표창	3·1운동
최예근	崔禮根	1924. 8.17	2011.10.5	1990	애족장	만주방면

이름	한자	태어난날	숨진날	서훈일	훈격	독립운동계열
최요한나	崔堯漢羅	1900.8.3	1950.8.6	1999	대통령표창	3·1운동
최용신	崔容信	1909. 8.12	1935. 1.23	1995	애족장	국내항일
최윤숙	崔允淑	1912.9.22	2000.6.17	2017	대통령표창	학생운동
최은전	崔殷田	1913	모름	2018	대통령표창	학생운동
최은희	崔恩喜	1904.11.21	1984. 8.17	1992	애족장	3·1운동
최이옥	崔伊玉	1926. 6.16	1990.7.12	1990	애족장	광복군
최정숙	崔貞淑	1902. 2.10	1977.2.22	1993	대통령표창	3·1운동
최정철	崔貞徹	1853.6.26	1919.4.1	1995	애국장	3·1운동
최형록	崔亨祿	1895. 2.20	1968. 2.18	1996	애족장	임시정부
최혜순	崔惠淳	1900.9.2	1976.1.16	2010	애족장	임시정부
탁명숙	卓明淑	1900.12.4	1972.10.24	2013	건국포장	3·1운동
하란사 (김란사)	河蘭史	1875	1919. 4.10	1995	애족장	국내항일
한성선	韓成善	1864.4.29	1950.1.4	2015	애족장	미주방면
하영자	河永子	1903. 6.27	1993.10.1	1996	대통령표창	3·1운동
한덕균	韓德均	1896	모름	2018	대통령표창	국내항일
한도신	韓道信	1895.7.5	1986.2.19	2018	애족장	중국방면
한영신	韓永信	1887.7.22	1969.2.20	1995	애족장	국내항일
한영애	韓永愛	1920.9.9	2002.2.1	1990	애족장	광복군
한이순	韓二順	1906.11.14	1980.1.31	1990	애족장	3·1운동
함연춘	咸鍊春	1901.4.8	1974.5.25	2010	대통령표창	3·1운동
함용환	咸用煥	1895.3.10	모름	2014	애족장	국내항일
허은	許銀	1907.1.3	1997.5.19	2018	애족장	만주방면
현도명	玄道明	1875	모름	2018	대통령표창	국내항일
홍매영	洪梅英	1913.5.15	1979.5.6	2018	건국포장	중국방면
홍순남	洪順南	1902.6.13	모름	2016	대통령표창	3·1운동
홍승애	洪承愛	1901.6.29	1978.11.17	2018	대통령표창	3·1운동
홍씨	韓鳳周妻	모름	1919.3.3	2002	애국장	3·1운동
홍애시덕	洪愛施德	1892.3.20	1975.10.8	1990	애족장	국내항일
황금순	黃金順	1902.10.15	1964.10.20	2015	애족장	3·1운동
황마리아	黃마리아	1865	1937.8.5	2017	애족장	미주방면
황보옥	黃寶玉	1872	모름	2012	대통령표창	국내항일
황애시덕	黃愛施德	1892.4.19	1971.8.24	1990	애국장	국내항일

※ 이 표는 국가보훈처 공훈전자사료관의 독립유공자 자료를 바탕으로 글쓴이가 정리 한 것임

사쿠라 불나방

"영욕에 초연하여 그윽이 뜰 앞을 보니 / 꽃은 피었다 지고 머무름에 얽매이지 않는다. 맑은 창공 밝은 달 아래 마음껏 날아다닐 수 있어도 / 불나비는 유독 촛불만 쫓고 맑은 물 푸른 숲에 먹을 것 가득하건만 수리는 유난히도 썩은 쥐를 즐긴다 아! 세상에 불나비와 수리 아닌 자 얼마나 될 것인고?"

이 시집에는 모두 20명의 문학인이 나온다. 이들을 고른 기준은 2002년 8월 14일 민족문학작가회의, 민족문제연구소, 계간 〈실천문학〉, 나라와 문화를 생각하는 국회의원 모임, 민족정기를 세우는 국회의원모임이 공동 발표한 문학 분야 친일 인물 42인의 명단 가운데 지은이가 1차로 뽑은 20명을 대상으로 했다. 글 차례는 다음과 같다.

차 례 (가나다순)

※ 교보, 영풍, 예스24, 반디앤루이스, 알라딘, 인터파크 서점에서 구입하거나 도서출판얼레빗
〈전화 02-733-5027, 전송 02-733-5028〉에서 주문하실 수 있습니다.
(대량 구입 시 문의 바랍니다)

전국 100 여 곳 언론에서 극찬한
이윤옥 시인의 『서간도에 들꽃 피다』 제1권

외로운 만주벌판 찬이슬 거센 바람속에서도
결코쓰러지지않는 들꽃같은 생명력으로
조국광복의 밑거름이 된 여성독립운동가들의 이야기

차 례 (가나다순)

※ 교보, 영풍, 예스24, 반디앤루이스, 알라딘, 인터파크 서점에서 구입하거나 도서출판얼레빗
〈전화 02-733-5027, 전송 02-733-5028〉에서 주문하실 수 있습니다.
(대량 구입 시 문의 바랍니다)

전국 100여 곳 언론에서 극찬한
이윤옥 시인의 『서간도에 들꽃 피다』 제2권

차 례 (가나다순)

전국 100 여 곳 언론에서 극찬한
이윤옥 시인의 『서간도에 들꽃 피다』 제3권

차 례 (가나다순)

전국 100 여 곳 언론에서 극찬한
이윤옥 시인의 『서간도에 들꽃 피다』 제4권

차 례 (가나다순)

전국 100 여 곳 언론에서 극찬한

이윤옥 시인의 『서간도에 들꽃 피다』 제5권

차 례 (가나다순)

전국 100여 곳 언론에서 극찬한

이윤옥 시인의 『서간도에 들꽃 피다』 제6권

차 례 (가나다순)

이윤옥 시인의 『서간도에 들꽃 피다』 제7권

차 례 (가나다순)

전국 100 여 곳 언론에서 극찬한
이윤옥 시인의 『서간도에 들꽃 피다』 제8권

차 례 (가나다순)

영어·일본어·한시로 번역한 항일여성독립운동가 30인의 시와 그림 책

《나는 여성독립운동가다》 인기리에 판매 중!

이윤옥 시인이 쓴 여성독립운동가를 기리는 시에 이무성 한국화가의 정감
어린 그림으로 엮은 《나는 여성독립운동가다》에는 30명의 여성독립운동가
들을 다루고 있으며 이들 시는 영어, 일본어, 한시 번역으로 되어있다.

차 례 (가나다순)

여러분의 후원
진심으로 고맙습니다.

이 책을 펴내는데 경비를 보태주신 여러 선생님께 진심으로 고개 숙여 감사 말씀 올립니다. 여러 선생님들의 도움으로 『서간도에 들꽃 피다』 〈9〉권이 세상에 나왔습니다. 다음은 2018년 3월 1일부터 2018년 9월 30일까지 〈신한은행 110-323-678517 도서출판 얼레빗(이윤옥)〉으로 입금해 주신 분들입니다. (가나다순, 존칭과 직함 생략)

김상용	김옥희	김유경	목수경	박 건	배재흠
법현스님	서지은	손영주	양경열	양춘섭	여 여
염규현	윤왕로	이규봉	이병술	이언식	이준호
이지영	이토가요코	이항증	이호원	차영조	홍 인

거듭 고개 숙여 여러 선생님들의 아낌없는 후원과 사랑에 감사드립니다.

한 권의 책값도 소중히 여기겠습니다.

후원계좌 : 신한은행 110-323-678517(이윤옥 : 도서출판 얼레빗)

※ 특별히 〈9〉권 펴냄에 열린선원 선원장
법현스님께서 큰 도움을 주셨습니다.

제9권

초판 1쇄 펴낸 날 | 4352(2019)년 1월 25일

지 은 이 | 이윤옥
표지디자인 | 이무성
편집디자인 | 허수영
박 은 곳 | 최문상 〈인화씨앤피〉
펴 낸 곳 | 도서출판 얼레빗
등 록 일 자 | 단기 4343년(2010) 5월 28일
등 록 번 호 | 제000067호
주   소 | 서울시 영등포구 영신로 32 그린오피스텔 306호
전 화 번 호 | 02-733-5027
팩 스 번 호 | 02-733-5028
누 리 편 지 | pine9969@hanmail.net

ISBN | ISBN 979-11-85776-11-8
ISBN 978-89-964593-4-7 (세트)

값 12,000